婉约豪放三百年

—— 大宋王朝的那些人、那些事和那些词

钮薇娜 ◎ 编

北京燕山出版社

图书在版编目（CIP）数据

婉约豪放三百年 / 钮薇娜著 . — 北京 : 北京燕山
出版社 , 2022.3
ISBN 978-7-5402-6331-7

Ⅰ . ①婉… Ⅱ . ①钮… Ⅲ . ①宋词—诗歌欣赏 Ⅳ .
① I207.23

中国版本图书馆 CIP 数据核字（2021）第 280801 号

婉约豪放三百年
WANYUE HAOFANG SANBAINIAN

著　　者：钮薇娜
责任编辑：杨春光
装帧设计：邓小林
出版发行：北京燕山出版社有限公司
社　　址：北京市西城区琉璃厂西街 20 号
邮　　编：100052
电话传真：86-10-65240430（总编室）
印　　刷：北京军迪印刷有限责任公司
开　　本：710mm×1000mm　　1/16
字　　数：270 千字
印　　张：17
版　　次：2023 年 4 月第 1 版
印　　次：2023 年 4 月第 1 次印刷
ISBN 978-7-5402-6331-7
定　　价：85.00 元

作者近照（燕园居民，77岁。马克刚摄影）

作者近照（马克刚摄影）

序一

燕园居民　王忍之

2018年夏，我入住泰康之家·燕园养老社区。在最初结识的朋友中，就有开朗、坦诚、易于交谈的钮薇娜先生。当时，她年已九十，要推着助步器行走。除此之外，别无龙钟老态。她曾经历艰难困苦，却不灰心丧气，不虚度光阴；总能找准自己的位置和目标，做有益的事情，过充实的生活。即便养老，也不闲着，竟然捡起青年时对诗词的爱好痴迷，勇敢地跨进几十年间毫不相关的行当——宋词研究。她努力耕耘，历时三载，终结硕果：先是设席开讲，继而整理修订，丰富其内容，完善其形式，形成了这本可以称作宋词入门的佳作。

作者讲课的办法是："把词人放到时代背景下，把每首词放回词人的生活中。"实践表明，这是好办法，受到欢迎。不仅提高了大家学习的兴趣，也帮助人们理解词人创作词章时的心态、意境和神情，体会词章的佳言妙语。作者用心地对篇篇词章加以评点，都言简意赅，文情并茂，如画龙之点睛。文字清爽机动，笔锋常带感情。现下，有的高头讲章，端着些架子，摆弄点书袋，其实空洞无物，枯燥乏味。这本书和它们不同，不但介绍知识，且亮出见解。也许不尽妥当，毕竟也是心血铸就的产物。有志者循着这本书提示的线索、勾勒的路径，继续前行，是可以登堂入室，在美轮美奂的宋词殿堂中，饱览琳琅满目的各色珍品的。

孔子说："知之者不如好之者，好之者不如乐之者。"对于宋词，钮先生不仅是知之者、好之者，也是乐之者。因此，她能在九十高龄不辞辛苦，夜以继日，孜孜以求，终于有成；也因此，她必定能在往后的岁月中，不懈追求，登上新的台阶。在这里，我祝愿钮先生长命百岁，老而弥健，不改其乐，精益求精，有更高水平的作品问世。

二〇二〇年冬，时年八十又七

序二　在年老的时光里，年轻地生活着

泰康之家燕园总经理　葛明

长寿时代的本质是百岁人生时代来临，人们带病长期生存。泰康要让更多的人能够享受高质量、高品质的养老生活。

在这个过程中，泰康之家·燕园关注养老品质的高度和老人精神生活的富足。经过五年摸索与发展，逐渐打造出一套较为成熟的文娱服务体系，包括乐泰学院、文娱活动、疗愈活动、衍生品等不同板块。社区成为了居民实现价值再创造的中心，深受社区居民喜爱。

钮薇娜便是其中极具代表性的一名"90后"。她是乐泰学院的义工老师。自2017年元旦入住燕园，便义务讲授诗词鉴赏课。庚子春天的疫情之下，活动部调整了养老活动方案。92岁高龄的钮老师从线下转到线上授课，刷新了燕园"网络主播"的年龄。惠及的不止是泰康居民，还远传海外。

宋词，清丽与婉约并存，豪迈与英姿同在。喜爱宋词的人都知道，千万首不一样的宋词中，每首都是独一无二的。

因为欢喜，所以执着；因为执着，所以竟夕不眠。如今，钮老师用两年半的时间讲解了大宋王朝三百多年的那些词，以及藏在诗词背后的故事；又将数年钻研宋词的感悟修订成卷。当我拿起这本书，眼前打开的不止是三百年大宋王朝的文明璀璨，还有乐泰课堂上一幕幕生动的文化养老生活画面、九旬义工老师与平均年龄八十岁泰康居民的期颐人生。

生命，因为有了爱与奉献才如此多彩；生活，因为有了真情与帮助才如此美丽。钮老师以行动、真诚与燕园的朋友们交往，收获的是一种奉献的快乐，实现的是自我价值的再创造。迈入长寿时代，泰康的战略与未来人类社会的发展趋势对接，就是要让泰康居民健康、长寿、富足，和积极拥抱长寿时代，乐享泰康人生。

一册宋词阅古今，满园挚友筑平生。它的美好将历久弥新值得读者慢慢回味。

目 录

词 目

第一章 晚唐五代词——宋词的先声

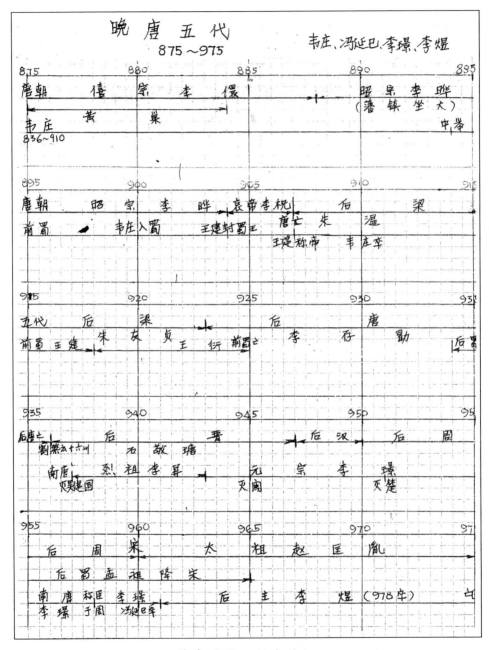

晚唐五代
875～975

韦庄、冯延巳、李璟、李煜

875	880	885	890	895
唐朝　僖宗李儇			昭宗李晔	
			（藩镇坐大）	
韦庄　黄巢				中举
836～910				

895	900	905	910	915
唐朝　昭宗李晔		哀帝李柷	后　　梁	
前蜀　　韦庄入蜀		王建封蜀王	唐亡　朱温	
			王建称帝　韦庄卒	

915	920	925	930	935
五代　后　　梁		后　　唐		
前蜀王建　朱友贞　王　衍　前蜀亡　李　存　勖				后蜀

935	940	945	950	955
后唐亡　后　　晋		后汉　后　周		
割燕云十六州　石敬瑭				
南唐　烈祖李昪		元　宗　李　璟		
灭闽建国		灭闽	灭楚	

955	960	965	970	975
后　周　宋　太　祖　赵匡胤				
后蜀孟祖降宋				
南唐称臣李璟		后　主　李　煜（978卒）		亡
李璟于周　冯延巳卒				

作者手绘人物事件轴

008

第一章　晚唐五代词——宋词的先声

（一）词的起源

词始于唐，兴于五代，盛于两宋。

中国古代的诗歌同音乐有相当密切的关系，先秦的《诗经》全部、《楚辞》的部分，以及汉乐府等，都是配乐演唱的。到了唐代，西域的"胡乐"龟兹乐大量传入，与汉族原有的音乐相融合，产生了一种新的音乐——燕乐。伶工往曲中填歌辞，叫作"倚声填词"。唐代社会经济繁荣，音乐是唐人生活中不可缺少的享受。特别是唐明皇时代，皇帝精通并酷爱音乐，更促进了社会上音乐歌舞的流行。

起初的歌词相当于今日的"流行歌曲"，内容多为男女感情，伤春怨别；常常是人们在酒间即兴写给歌女去唱的。中唐以后，文人填词渐增，有一些诗人用这种方式进行创作，文人的语言和思想情感开始渗入词中，使歌词脱离原始状态。这便是"词"的出现了。晚唐诗人温庭筠等人的词作使词达到较高水平。

（二）五代十国

自安史之乱起，盛唐不再。之后的唐朝历经150年13个皇帝，多数朝政受制于宦官或藩镇，几乎有一半的年月在战乱中，尤其是始于875年的黄巢之乱，间接导致了唐朝在907年灭亡。从此进入五代十国时期。

【五代】

五代十国存在于907年唐亡之后至960年北宋建立。短短的五十四年间，中原地区出现了梁、唐、晋、汉、周五个朝代，史称后梁（朱温）、后唐（李存勖）、后晋（石敬瑭）、后汉（刘知远）、后周（郭威）。这五个朝代是前后顺序的，开国之君之中也是杀来杀去，战争频仍。

五个朝代中，维持最长的只有十七年。频频的兵戎相见，使民生凋敝，社会极其混乱。到950年郭威建立后周，才逐渐稳定。954年郭威的养子柴荣即位。柴荣是五代以来第一个有能力又人品好的国君。他发展生产，整顿军队，然后准备削平割据，先难后易，统一全国。

【十国】

十国是：前蜀（891—923）、后蜀（925—964）、吴（829—936）、南唐（937—975）、吴越（893—978）、闽（893—945）、楚（896—951）、南汉（905—971）、南平（荆南，907—963）、北汉（951—979）十个割据政权，除北汉外，均在秦岭淮河以南。十国的情况相对于中原要好许多。政局相对稳定，经济、文化得以发展。而且由于北方的战乱，不少中原人士移徙蜀地及江南以避祸乱。他们带来北方的生产技术和科学文化，对这些地方的发展起了积极作用。尤其是西蜀与南唐二朝，经济文化比较发达，成为了词人汇集的两大基地。西蜀以韦庄成就最高。南唐词人则以冯延巳、李璟、李煜最为出色。

前蜀

907年唐朝灭亡以后，蜀王王建称帝。

王建（847—918）年轻时是个流氓，杀牛偷驴贩私盐，无所不为。后投军，逐渐升迁。黄巢作乱时，在击退黄巢以及护驾方面立了大功，唐僖宗封之为利州（今广元）刺史，又西川节度使，逐渐掌握了四川。903年唐昭宗封为蜀王。唐亡建国称帝。

其在位期间，励精图治，注重农桑，兴修水利，扩张疆土，实行与民休息政策。唐末黄巢之乱，因蜀地与三秦大地邻近，投奔蜀地的士族文人较多，王建多加录用，建国后任用韦庄为宰相，蜀中得以大治，并有余力从事文艺。王建去世后其幼子王衍即位，仅七年灭于五代的后唐。

后蜀

后唐灭前蜀之后，任命孟知祥为西川节度使。待后唐衰败，孟知祥于后唐应顺元年（934年）一月称帝，史称后蜀。同年病死，16岁的儿子孟昶即位。孟昶亦好音乐，工声曲，朝野欢娱，造成风气。"诗客曲子词"乃于此"天府之土"繁荣滋长，蔚为伟观。孟昶在位三十一年，965年在宋朝进攻下投降，到汴梁后暴死。（当赵匡胤占有他的花蕊夫人时，花蕊夫人用诗回答：君王城上竖降旗，妾在深宫哪得知？十五万人齐解甲，更无一个是男儿。）

南唐

南唐是十国中版图最大的国家，人口500万，经济发达，文化繁荣。

937年李昪（原名徐知诰）篡夺南吴政权，即皇帝位。得位不正，但能兴利除弊，变更旧法，与民休息；对邻国采取和平相处的方针。从各方面综合起来看，他是一个不可多得的统治者。但他在位仅仅六年，因求长生服丹药去世，庙号烈祖。

李璟即位时，南唐已是地大力强、政局安定的大国。在此乱世，南唐君臣如能奋发有为，至少统一南方是有可能的。李璟确有此打算。但他并无此雄才大略，信任的冯延巳也不是合格的宰相。几次出征，均混乱不堪。李璟在文学艺术上极有修养，经常和宠臣韩熙载、冯延巳等宴饮赋诗。生活上则奢侈无度，导致政治腐败，国力大耗。当中原稳定以后，后周大将赵匡胤率军打来时，就只能割地求和。从此去帝号，改称国主，割让江淮之间大片土地。

此为958年。三年后李煜即位时，已经是称臣状况，只能沉迷于风花雪月，声色豪奢。至975年亡于宋。

（三）晚唐五代主要词人

五代后蜀赵崇祚曾编选一部词选《花间集》，收录了836—

940年间18位作家的500首词作。18位中的15位为活跃于五代十国时期与蜀有关之人，其中有韦庄、牛峤等。早已去世的温庭筠有66首入选，被称为"花间派"始祖。而南唐的冯延巳、李璟、李煜等因地域遥远及时间差异，均不在其中。

【温庭筠】（812—870）本名岐，字飞卿。先世温彦博曾做宰相，到他的时候家世已衰微。少敏悟，善鼓乐吹笛外，尤长于诗词。但因生性傲岸，讥讽权贵，为时所憎，故数举不第。

据《唐才子传》记载，唐宣宗（847—860在位）喜欢《菩萨蛮》。相国令狐绹（牛党重要人物令狐楚之子）暗自请温庭筠代己填《菩萨蛮》以进。据说温却将此事宣扬出去，因而得罪了权贵。

还喜考场救人，搅乱场屋，落下品行不好的名声。

生活放荡不羁，混迹青楼歌女之中。

一代才子，最后困顿失意而死。人送诗云："鹦鹉才高却累身。"

他的诗与李商隐齐名，时称"温李"。其诗辞藻华丽，浓艳精致，内容多冠闺情。少数作品对时政有所反映。他同时是第一个倚声填词的人，几乎只为娱乐遣兴而作词，内容以美女与闺情为主。其词的艺术成就在晚唐诸词人之上，在词史上与韦庄齐名，并称"温韦"。

词到温庭筠时才真正被人重视起来。随后五代与宋的词人竞相为之，终于使"词"这一文学形式在古代文坛上蔚为大观。

王国维《人间词话》："温飞卿之词，句秀也。"

刘熙载《艺概》卷四："温飞卿词精妙绝人，然类不出乎绮怨。"

温庭筠词四首：

菩萨蛮

小山重叠金明灭，鬓云欲度香腮雪。懒起画蛾眉，弄妆梳洗迟。　　照花前后镜，花面交相映。新帖绣罗襦，双双金鹧鸪。

这首词写宫中女子生活，应即为献给皇帝者。为《花间集》中第一首。

小山应指山屏，遮护女子的卧榻。末二句：女子开始做女红：刺绣罗襦。偏偏是一双一双的鹧鸪，深深刺痛了她。

更漏子

玉炉香，红蜡泪，偏照画堂秋思。眉翠薄，鬓云残，夜长衾枕寒。　　梧桐树，三更雨，不道离情正苦。一叶叶，一声声，空阶滴到明。

借"更漏"夜景写妇女相思情事。

梦江南

千万恨，恨极在天涯。山月不知心里事，水风空落眼前花。摇曳碧云斜。

望江南（亦称《梦江南》）

梳洗罢，独倚望江楼。过尽千帆皆不是，斜晖脉脉水悠悠。肠断白蘋洲。

王国维："一切情景皆情语。"

【韦庄】（836—910）字端己。诗人韦应物四世孙。其为人正直，生活态度极为认真，是一位谦谦君子。早年屡试不第。后赴长安应试，逢黄巢军攻入长安，困于战乱之中。两京（长安、洛阳）陷落，皇帝逃往四川，他则先至洛阳，洛阳陷落时又逃往江南，一待十年。在润州（镇江）等地节度使幕中任职。江南成为了他的第二故乡，令他晚年在蜀时魂牵梦绕。894年他59岁时得中进士，后被派入蜀，为蜀王王建所赏识，唐亡后辅助王建建国称帝，官至宰相。

为晚唐诗人，其诗多以伤时、离情、怀古为主题。在他逃往洛阳时完成的长诗《秦妇吟》，反映战乱中妇女的不幸遭遇，颇负盛名。全唐诗录其诗316首。其词多写自身的生活体验和离情别绪，善用白描手法，词风清丽，虽与温庭筠并称"温韦"，但词风很不相同。是文人词里书写自己生活感情的第一人。艺术风格清丽晓畅，语言简明淡雅，结构浅近疏朗，把词拉回到了言志抒情的诗歌领域。

杨慎评韦庄词："明白如画，蕴情深至。"

王国维《人间词话》："韦端己之词，骨秀也。"

韦庄词七首：

菩萨蛮（五首）

其一

红楼别夜堪惆怅，香灯半卷流苏帐。残月出门时，美人和泪辞。　　琵琶金翠羽，弦上黄莺语。劝我早回家，绿窗人似花。

绿窗与红楼，应不是一个地方。

其二

人人尽说江南好，游人只合江南老。春水碧于天，画船听雨眠。　　垆边人似月，皓腕凝霜雪。未老莫还乡，还乡须断肠。

其三

如今却忆江南乐，当时年少青衫薄。骑马倚斜桥，满楼红袖招。　　翠屏金屈曲，醉入花丛宿。此度见花枝，白头誓不归。

这首词既表现了词人对江南水乡的依恋之情，也抒发了词人漂泊难归的愁苦之感。

唐圭璋："语言决绝，而意实伤痛。"那时为要不要离开江南而犹豫，现在江南也只是一个怀旧的梦了。

其四

劝君今夜须沉醉，尊前莫话明朝事。珍重主人心，酒深情亦深。　　须愁春漏短，莫诉金杯满。遇酒且呵呵，人生能几何？

主人的劝客之语。面对不可期望的昨天，只有及时欢乐，珍惜今天。

其五

洛阳城里春光好，洛阳才子他乡老。柳暗魏王堤，此时心转迷。　　桃花春水渌，水上鸳鸯浴。凝恨对残晖，忆君君不知。

陈延焯《词则》："端己词时露故君之思，读者当会意于言外。"

清初学者沈雄《古今词话》："韦庄为蜀王所羁。庄有爱姬，姿色艳美，兼工词翰。蜀王闻之，托言教授宫人，强夺之去。庄追念揾怏，作《荷叶杯》《浣溪沙》诸词，情意凄怨。"

荷叶杯

记得那年花下，深夜，初识谢娘时。水堂西面画帘垂，携手暗相期。　　惆怅晓莺残月，相别，从此隔音尘。如今俱是异乡人，相见更无因。

浣溪沙

夜夜相思更漏残，伤心明月凭阑干。想君思我锦衾寒。　　咫尺画堂深似海，忆来惟把旧书看。几时携手入长安。

近代学者唐圭璋评析此词："从己之忆人，推到人之忆己；又从相忆之深，推到相见之难。文字全用赋体白描，不着粉泽，而沉哀入骨，婉转动人。"

【冯延巳】（903—960）字正中，五代广陵（今扬州）人。他多才多艺，南唐开国时，烈祖李昪任命他为秘书郎，让他与太子李璟交游。在李璟朝三次出任宰相。冯在政治上跋扈，拉帮结派，排斥异己。在他当政期间，出征失利，参与党争，数被罢相。而李璟对他始终信任。

延巳作词动机，出于"娱宾遣兴"。"公以金陵盛时，内外无事，朋僚亲旧，或当燕集，多运藻思，为乐府新词，俾歌者倚丝竹而歌之。"（陈世修《阳春集》序）而延巳所作，思深辞丽，时有"忧生念乱"之嗟，殆亦身世使然欤？其影响北宋诸家，较《花间》为大。

虽然生活优裕，然在他和李璟生活的时代，要面对北方的混乱，还有渐渐兴起的强大的后周的威胁，使他们感到前途渺茫，词中出现惆怅、闲愁、病酒一类字眼，是经过一个巨大的繁华之后，转向幻灭的感受。

他的词文人气息很浓。对北宋初期的词人有很大影响。词集名《阳春集》。

在词史上，冯词的地位极其重要，对词的发展有着开创性贡献。王国维《人间词话》："冯正中词虽不失五代风格，而堂庑特大，开北宋一代风气。中、后二主皆未逮其精诣。"叶嘉莹："冯词缠绵盘郁，意境深厚，易于使读者产生深切的感触和丰富的想象。""内容虽仍多男女之情、游宴之乐，但较少浓妆艳抹的描写，增加了感时伤世的抒情。"

冯延巳词四首：

鹊踏枝

谁道闲情抛掷久？每到春来，惆怅还依旧。日日花前常病酒，不辞镜里朱颜瘦。　　河畔青芜堤上柳，为问新愁，何事年年有？独立小桥风满袖，平林新月人归后。

鹊踏枝

几日行云何处去？忘却归来，不道春将暮。百草千花寒食路，香车系在谁家树？　　泪眼倚楼频独语。双燕来时，陌上相逢否？缭乱春愁如柳絮，悠悠梦里无寻处。

把自己比作被遗弃的女子，用以宣泄政治上的失意情绪。

这两阕《鹊踏枝》和另一首《蝶恋花》（庭院深深深几许）（第46页）均同时出现在冯延巳和欧阳修的词集中。

鹊踏枝

烦恼韶光能几许？肠断魂销，看却春还去。只喜墙头灵鹊语，不知青鸟全相误。　　心若垂杨千万缕，水阔花飞，梦断巫山路。满眼新愁无问处，珠帘锦帐相思否？（满，亦作开）

谒金门

风乍起，吹皱一池春水。闲引鸳鸯香径里，手捋红杏蕊。　　斗鸭阑干独倚，碧玉搔头斜坠。终日望君君不至，举头闻鹊喜。

李璟问他："吹皱一池春水，干卿何事？"冯答："莫如陛下'小楼吹彻玉笙寒'。"

这首词被评价为描写闺怨的少数优秀作品之一。

【李璟】（916—961）南唐第二位皇帝。943至961年在位，史称中主。是一位"神采精粹""器宇高迈"之人，曾打算在庐山瀑布之下筑一书斋做隐士，没想到继承了皇位。在文学艺术上极有素养，宫中藏有丰富的墨宝典籍。

江北岸归周之后，金陵对岸即为敌境，每北顾心中不乐，因此曾经迁都江西豫章。这种心情反映到他的词作中，尽显哀婉。

他的词感情真挚，风格清新，语言不事雕琢。尽管他留下的词不多，但就这首《摊破浣溪沙》，有人认为他的写愁，已打败了其他写词的高手。是无以言说的愁。

王国维《人间词话》："南唐中主词'菡萏香销翠叶残，西风愁起绿波间'，大有众芳芜秽，美人迟暮之感。乃古今独赏其'细雨梦回鸡塞远，小楼吹彻玉笙寒'，故知解人正不易得。"

李璟词一首：

摊破浣溪沙

菡萏香销翠叶残，西风愁起绿波间。还与韶光共憔悴，不堪看。　　细雨梦回鸡塞远，小楼吹彻玉笙寒。多少泪珠何限恨，倚阑干。

【李煜】（937—978）字重光。南唐后主。

李煜即位时，南唐称臣于北周已经三年。他本不欲当这个皇帝，二首《渔父词》尽表他的心愿。宫廷内部的斗争，使他阴差阳错地即了位。已经是去了帝号的亡国之君，也只能过一天是一天了。

前期词多写宫廷享乐、荒废的生活，风格柔靡。后期词反映亡国之痛，题材扩大。开创"诗化之词"，为五代之冠。

王国维《人间词话》："李重光之词，神秀也。""词至李后主而眼界始大，感慨遂深，遂变伶工之词而为士大夫之词。""词人者，不失其赤子之心者也。故生于深宫之中，长于妇人之手，是后主为人君之短处，亦即为词人所长处。""主观之诗人，不必多阅世。阅世愈浅，则性情愈真，李后主是也。""尼采谓，'一切文学，余爱以血书者。'后主之词，真所谓以血书者也。"

李煜词七首：

渔父词·题画

其一

浪花有意千重雪，桃李无言一队春。一壶酒，一竿纶，世上如侬有几人？

其二

一棹春风一叶舟，一纶茧缕一轻钩。花满渚，酒满瓯，万顷波中得自由。

在他笔下，渔人是悠闲自在的。歌颂渔人是对自由的向往。

他天生仁厚，一再表明，自己无意皇位。

玉楼春

晚妆初了明肌雪，春殿嫔娥鱼贯列。凤箫吹断水云闲，重按霓裳歌遍彻。　　临风谁更飘香屑，醉拍阑干情味切。归时休放烛花红，待踏马蹄清夜月。

大周后破解并重造了《霓裳羽衣曲》。曲罢再奏，舞罢从头。李煜与周后十分恩爱，李煜的生活终日销魂。

后来大周后病了，病得不轻。花朵一样的妹妹来宫里探望。

菩萨蛮

蓬莱院闭天台女，画堂昼寝人无语。抛枕翠云光，绣衣闻异香。　　潜来珠锁动，惊觉银屏梦。脸慢笑盈盈，相看无限情。

已近不惑的李煜，对年方及笄的小姨子动了心。天台女是《搜神记》里的仙女。

菩萨蛮

花明月暗笼轻雾，今宵好向郎边去。划袜步香阶，手提金缕鞋。　　画堂南畔见，一向偎人颤。奴为出来难，教君恣意怜。

写他们的幽会。小姨子后来成了小周后，随李煜到汴梁，受到宋太宗凌辱。相传李煜死后自杀殉情。

破阵子

四十年来家国，三千里地山河。凤阁龙楼连霄汉，玉树琼枝作烟萝，几曾识干戈？　　一旦归为臣虏，沈腰潘鬓消磨。最是仓皇辞庙日，教坊犹奏别离歌，垂泪对宫娥！

这是对南唐历史最真实的记录。

相见欢

无言独上西楼，月如钩。寂寞梧桐深院锁清秋。　　剪不断，理还乱，是离愁。别是一般滋味在心头。

生动地刻画了亡国被俘后的内心无限愁苦的状态，情感真挚，感人至深。

乌夜啼（又名《相见欢》）

林花谢了春红，太匆匆。无奈朝来风雨晚来风。　　　　胭脂泪，留人醉，几时重。自是人生长恨水常东。

那一片艳丽的红色，仿佛瞬间就枯萎了。分明是说自己的身世。

浪淘沙

帘外雨潺潺，春意阑珊。罗衾不耐五更寒。梦里不知身是客，一晌贪欢。　　独自莫凭栏，无限江山。别时容易见时难。流水落花春去也，天上人间。

亡国以后，他总是一个人，孤独地眺望他的故国江山。

虞美人

春花秋月何时了，往事知多少？小楼昨夜又东风，故国不堪回首月明中。　　雕栏玉砌应犹在，只是朱颜改。问君能有几多愁，恰似一江春水向东流。

这一首词送了他的命。宋太宗不再容忍，派人送了牵机药毒死了他。

第二章 令词的时代

1000　　　　1005　　　　1010　　　　1015　　　　1020

宋　　真　　宗　　赵　　恒

柳永 984~1053　亲征(澶渊之盟)　大中祥符

范仲淹 989~1052　　　　　　　　　　中举

张先 990~1078

晏殊 991~1055

宋祁 998~1061

欧阳修 1007~1072

1020　　　　1025　　　　1030　　　　1035　　　　1040

宋　　仁　　宗　　赵　　祯

范仲淹　(太后听政)(亲政)　宋夏战争　知滁州　谏院　秘阁校理

欧阳修　中举　西京　回京

王安石 1021~1086

苏轼 1037~1101

晏几道 1038~1110

1040　　　　1045　　　　1050　　　　1055　　　　1060

宋　　仁　　宗　　赵　　祯

范仲淹　庆历新政　副相　卒

欧阳修　岳阳楼记　扬州　回朝　翰林学士　史馆修撰　新唐书五代史　嘉佑二年　科举　张蠙案　平山堂

王安石　中举　上书

苏轼　中举　中举

黄庭坚 1045~1105

秦观 1049~1100

贺铸 1052~1125

作者手绘人物事件轴

第二章　令词的时代

（一）认识宋朝

混乱的五代，在大唐灭亡43年之后的951年，迎来了它第五个，也是最好的一个朝代——后周。

建国的皇帝叫郭威。在位三年驾崩，他的养子柴荣继位。此人有能力，人品好，心怀大志。在位期间发展生产，整顿军队，南征北战，希图统一全国，惜未能完成而病逝军中。其子方七岁，由太后临朝。不久朝廷大将赵匡胤在陈桥兵变中被**"黄袍加身"**，建立宋朝。时为960年。

宋太祖赵匡胤建立国家后，有一个**"杯酒释兵权"**的事件。鉴于唐朝后期武将节度使操纵国运的教训，他决心解除武将参与朝政的权利，把军权和财权掌握在中央，由皇帝和大臣共同治理国家。他把那些开国有功的武将劝退了，妥善安排好他们的生活。他给后世子孙立下"军书铁券"：保全柴氏（后周柴荣）子孙；不杀士大夫及上书言事之人；不加农田之赋。

本朝以后的皇帝基本上是遵守太祖立下的规矩的。

【历史遗留问题：燕云十六州与澶渊之盟】

　　五代中的后唐河东节度使石敬瑭，借北部契丹兵力推翻后唐，建晋称帝。为报答契丹，事契丹主以父礼，并割燕云十六州以酬。此时距耶律阿保机建立辽国已经20年。后周柴荣曾收复其中三州三关，即所谓"关南之地"，这一形势为赵宋所继承。此后，宋要收复燕云十六州，辽要夺回关南之地，双方一直互有征战。而宋败多胜少。

　　大宋第三个皇帝真宗（赵恒）即位七年后的1004年，辽国大举南侵，萧太后与辽圣宗御驾亲征，大将萧挞凛为先锋，号称率兵20万，兵分三路扑来。新上任的宰相寇准主张迎战，并劝皇帝御驾亲征。真宗抵达澶州（今河南濮阳）。该城地跨黄河两岸，寇准坚请真宗渡河。当皇帝战战兢兢出现在北门城楼时，远近望见御盖，踊跃欢呼，士气大振。萧挞凛出营督战，被宋军弩矢射死。《辽史》云："将与宋战，挞凛中弩，我兵失倚，和议始定。或者天厌其乱，使南北之民休息者耶？"

　　于是在对宋方有利的形势下，经过讨价还价，双方签订了著名的**"澶渊之盟"**："许遗绢二十万匹，银十万两。"燕云十六州与关南之地仍维持现状。

　　宋辽两国的敌对状态即告结束。

　　此后一百一十六年间，宋辽两国未发生大规模战事。两国搁置争议，互相尊重，互助有无，双方均得到切切实实的发展机会。对辽国给以"岁币"，大宋换来百年和平发展，还节省了军费开销，未必亏本。

北宋即进入经济文化繁荣期。契丹开始从单纯的游牧民族向游牧与农耕相交杂的民族过渡，得享国二百年之久。

【华夏文化造极于宋】

陈寅恪先生说："华夏民族之文化，历数千年之演进，造极于赵宋之世。"

法国汉学家白乐日将宋朝形容为"'现代'的拂晓时辰"。

宋朝的制度设计先进，政治氛围宽松。宋朝有最上轨道的科举制度，贫困家庭的孩子都可以通过考试改变命运。

第三个皇帝真宗好文学，擅书法。即位之后，勤于政事，亲自作有劝学诗《励学篇》，鼓励和提倡百姓读书。"书中自有黄金屋，书中自有颜如玉"，是他的名言佳句。

第四个皇帝仁宗赵祯是中国历史上少有的好皇帝，在位四十二年。虽然他不一定很有能力，最有决断，但他纳谏、节约、勤政，而且终身奉行。百姓说他：诸事不会，但会做"官家"。

有了真宗打下的基础，仁宗时的宋朝，成为中国历史上经济最繁荣，科技最昌盛，政治最廉洁，春秋以降言论最开放的时期之一。仁宗盛世堪称中国封建社会的顶峰。"北宋帝国的光辉，足以把全世界衬得灰头土脸。"（余秋雨）

仁宗即位之初，刘太后听政十一年。

重文轻武的宋朝，能够享国三百多年，为积极扩张的汉唐明清所不及。

这一时期的宋朝真是人才济济，著名的政治家、军事家、文学家、词人，如包拯、狄青、范仲淹、富弼、文彦博、司马光、韩琦、晏殊等，以及唐宋八大家中宋朝的六家（三苏，王安石，曾巩，欧阳修）全部产生或活跃在仁宗朝。

还有个著名的嘉祐二年（1057）科举，考官有欧阳修、梅尧臣等文坛名家，应试得中的有：苏轼、苏辙、曾巩、张载、程颢、程颐、章惇……

包拯之所以成为"包公"，也因为他遇到了仁宗。

北宋的经济在工业化、商业化、货币化和城市化方面远超世界其他地方。汴梁为宋朝国都长达168年，是当时著名的政治、经济、文化中心，其繁荣程度，从清明上河图可见一斑，后世难以企及。至徽宗年间，全国人口达到8100万，大大超过盛唐时期。东京汴梁人口150余万。还有一批人口10万以上的城市。南方在吴越、南唐等国经营的基础上，也出现了杭州、南京、扬州等富庶的城市。"钱塘自古繁华，参差十万人家。"而那时伦敦人口才2万，巴黎4万，最繁华的威尼斯只有10万。

有人折算过，宋朝人均收入已达600美元。而1950年时中国人均GDP只有439美元。

经济发展、人民富足，必然带来科学和文化的繁荣。

一个个响亮的名字，一批批著名的政治家、文学家、词人、诗人，扎堆儿出生了。一个群星璀璨的时代来临了。

话得倒过来说。是因为这个时代，优秀的人才能够得到培养，不被埋没。这个时代文人的人格得到尊重；皇帝有很强的文人气质，大臣可以跟皇帝讲道理，谈文化。

（二）盛世词人

【晏殊】（991—1055）字同叔，江西临川人。是宋朝第一位出名的神童。十四岁中（同）进士。后来官运亨通，一路做到宰相。太平盛世，没有什么大的风云，后人称之为太平宰相，富贵闲人。虽无突出政绩，但慧眼识人，奖掖后进，许多名人出自他的门下。如范仲淹、富弼、欧阳修、韩琦、王安石、宋祁、苏舜钦等等。

"自年少即登天子堂后，晏殊几十年间一直高居庙堂，在北宋前期盛世发达、歌舞升平的都市文化环境中，过着优渥的贵族生活。同一众雅士娱宾遣兴、应歌唱酬，形成了以中上层文人士大夫为骨干的台阁词人群体，即'江西词派'（欧阳修也是江西人）。江西词派突破了花间词派的香艳温软，赋予词较为深邃真挚的思想意境与情感寄托，开宋词繁荣之先河。而晏殊正是这一时期词坛的领袖文宗。"（鞠菟）

晏殊在花间词的富贵雍容中融入冯延巳的清俊，形成自己所独有的"清新俊逸下的富贵气象"。

晏殊词三首：

浣溪沙

一曲新词酒一杯，去年天气旧亭台。夕阳西下几时回。　　无可奈何花落去，似曾相识燕归来。小园香径独徘徊。

是晏殊的名篇。"无可奈何花落去，似曾相识燕归来"对工巧而流利。

蝶恋花

槛菊愁烟兰泣露，罗幕轻寒，燕子双飞去。明月不谙离恨苦，斜光到晓穿朱户。　　昨夜西风凋碧树，独上高楼，望尽天涯路。欲寄彩笺兼尺素，山长水阔知何处？

彩笺和尺素均指书信。重复地说，表示怀念深切。
"罗幕轻寒，燕子双飞去"为其得意之句。

踏莎行

小径红稀，芳郊绿遍，高台树色阴阴见。春风不解禁杨花，濛濛乱扑行人面。　　翠叶藏莺，朱帘隔燕，炉香静逐游丝转。一场愁梦酒醒时，斜阳却照深深院。

春光如许，春深似海，人却忽之不乐，皆因春光再美，已是尾声，终究挽留不住。

【宋祁】（998—1062）字子京，雍丘（今河南杞县）人，是晏殊主持考试时的进士，所以是晏殊的门生。1024年，宋祁与其兄宋庠（音详）一起去考试，宋祁第一，宋庠第三。卷子到了垂帘听政的太后那里，刘太后觉得弟弟不能在哥哥上头，就把宋庠取在第一，宋祁不知为何取在了第十。实际上论才气哥哥确实不如弟弟。

宋祁还是史学家，与欧阳修一道主持修《新唐书》，视作自己毕生的光荣任务。

宋祁显贵以后生活奢侈享乐，多蓄婢妾声伎，少不了写新词创新调，"歌伎进新茶以求新词"的方式即始于时为成都太守的宋祁。

《玉楼春》春景中，宋祁因"红杏枝头春意闹"句得名"红杏尚书"。

玉楼春·春景

　　东城渐觉风光好，縠皱波纹迎客棹。绿杨烟外晓寒轻，红杏枝头春意闹。　　　　浮生长恨欢娱少，肯爱千金轻一笑。为君持酒劝斜阳，且向花间留晚照。

　　縠皱，即绉纱，用来形容水的波纹。
　　王国维："'红杏枝头春意闹'，着一'闹'字而境界全出。"（《人间词话》）

宋祁潇洒倜傥，颜值很高。一日走在大街上，遇宫廷车队迎面而来。一辆宫车经过他身旁时，一女子将车帘挑起一角，娇呼"这不是小宋吗？"（人称他兄弟为大宋小宋）小宋回家后写下一首词：

鹧鸪天

画毂雕鞍狭路逢，一声肠断绣帘中。身无彩凤双飞翼，心有灵犀一点通。　　金作屋，玉为笼，车如流水马如龙。刘郎已恨蓬山远，更隔蓬山几万重。

其中多数是集句：3、4句及7、8句来自李商隐的两首《无题》。词传唱开来，仁宗皇帝得知内情，将这位宫女赐予了宋祁。

【张先】（990—1078）字子野，乌程（今浙江吴兴）人，1030年进士。1064年以尚书都官郎中致仕，卒年89岁。（古代少有）

一生仕途平稳，诗酒风流，颇多佳话。苏轼赠诗："诗人老去莺莺在，公子归来燕燕忙。"为其生活写照。

80岁时娶18岁女子，春风得意赋诗一首："我年八十卿十八，卿是红颜我白发。与卿颠倒本同庚，只隔中间一花甲。"苏轼戏言："十八新娘八十郎，苍苍白发对红妆。鸳鸯被里成双夜，一树梨花压海棠。"

不似晏、欧（阳修）等人作为上层文人，生活优裕，具有雍容华贵的词风。张先一直在地方为官，活得又长，所以有了大量的在文士的社交场合中用以酬唱赠别的词。以前的文人只用诗来赠答，而词只是写了给歌伎演唱的。张先打破此惯例，扩大了词的日常交际功能。其次，他率先用题序，将日常生活引入词中。

张先词三首：

天仙子

时为嘉禾小倅，以病眠，不赴府会。

水调数声持酒听，午醉醒来愁未醒。送春春去几时回？临晚镜，伤流景，往事后期空记省。　　沙上并禽池上暝，云破月来花弄影。重重帘幕密遮灯。风不定，人初静，明日落红应满径。

为张先名篇。王国维说：着一"弄"字（云破月来花弄影）意境全出。

张有三首词中用了"影"字，被称为"张三影"。

王方俊《唐宋词赏析》：全调将词人慨叹年老位卑、前途渺茫之情与暮春之景有机地交融在一起。

千秋岁

数声鹈鴂，又报芳菲歇。惜春更把残红折。雨轻风色暴，梅子青时节。永丰柳，无人尽日花飞雪。　　莫把幺弦拨，怨极弦能说。天不老，情难绝。心似双丝网，中有千千结。夜过也，东窗未白凝残月。

夜将近，孤灯一盏，彻夜难眠。不能与爱人相守，愁绪万千。

"心似双丝网，中有千千结"是全词警句。"丝"即"思"，喻情网坚固。

鶗鴂即杜鹃。

下面一首《木兰花》是作者八十六岁时在故乡过寒食节所作。

木兰花·乙卯吴兴寒食

龙头舴艋吴儿竞，笋柱秋千游女并。芳洲拾翠暮忘归，秀野踏青来不定。　　行云去后遥山暝，已放笙歌池院静。中庭月色正清明，无数杨花过无影。

最后两句写景之工，论者称其为"三影"之上者。

【晏几道】（1038—1110）字叔原，号小山，晏殊第七子。从小耳濡目染、家学渊源，长大后也成为著名词人。他17岁时晏殊去世，之后家境大不如前。

他的年龄和苏轼相仿，也曾卷入新旧斗争。他的朋友郑侠（介夫）画了一幅《流民图》献给神宗皇帝，指责王安石的变法搞得民不聊生，被新党治罪（详见第四章）。他们在郑侠家中搜出晏几道的一首诗：

与郑介夫（七绝）

小白长红又满枝，筑球场外独支颐。

春风自是人间客，主张繁华得几时？

他劝郑侠冷静地做个看客。

新党上纲上线，以反对新政为名，将小晏逮捕下狱。神宗认为小有调侃而已，乃放回家。

小晏本就性情孤傲，经历此事后更是无意官场。他一生未考功名，只是靠恩荫做些小官。他完美地避开了北宋政坛的每一次地震：既不沾新党，也不沾旧党；谢绝和任何一方过于亲热，也不去得罪任何一方。

元祐年间，大学士苏轼常听黄庭坚称赞小晏的才华，想要见见他，他不见。他说：如今朝里半数是我家世交，我都没时间和他们来往。

晚年因政绩良好，升至从六品的开封府推官。是晏氏子孙中唯一晚年荣显者。

晏几道的词延续了晏殊的风格，陈廷焯《白雨斋词话》说："晏小山工于言情，出元献（晏殊）、文忠（欧阳修）之右……而措辞婉妙，则一时独步。"

《临江仙》中，"落花人独立，微雨燕双飞"，沿用了晏殊的得意之句"罗幕清寒，燕子双飞去"而更有所发挥，被认为是怀旧词曲的绝唱之一。

留给后人的《小山词》有200多首。

晏几道词二首：

临江仙

梦后楼台高锁，酒醒帘幕低垂。去年春恨却来时。落花人独立，微雨燕双飞。　　记得小蘋初见，两重心字罗衣。琵琶弦上说相思。当时明月在，曾照彩云归。

人一生中，总有那么个人悄然前来，又悄悄地走了，留下无限思念，搅得人寝食难安。

鹧鸪天

彩袖殷勤捧玉钟，当年拚却醉颜红。舞低杨柳楼心月，歌尽桃花扇底风。　　从别后，忆相逢，几回魂梦与君同。今宵剩把银釭，照犹恐相逢是梦中。

"舞低"二句为小山名句。那一夜纵情歌舞，直到柳梢的一轮明月已滑下楼头，桃花扇底的风也无力了。晁补之："叔原不蹈袭人语，而风调闲雅，自是一家。"

【范仲淹】（989—1052）字希文，苏州人。父范墉，从吴越王钱俶归宋。出生第二年父亲去世。母贫穷无依，带了他改嫁山东朱氏。

范仲淹从小读书十分刻苦。1015年二十七岁考中进士，为官后奏请恢复范姓，并把母亲接到任上。

为苏北兴化县令时，建议并全面负责修筑一条从连云港至长江口北岸长二百里的捍海堤堰，保障了堤内的盐场和农田生产。此海堰即名范公堤。至今兴化有范公祠。

母丁忧期，在南京（今河南商丘）居住。应晏殊邀请协助主持应天府学教务，使当地学风焕然一新。"天下庠序，视此而生。"后来做到副相时下令所有州县一律办学。后人评价："览宋学，若无范文正公，则无色矣！"

1028年服丧结束。经晏殊推荐，到汴京任秘阁校理（相当于皇上的文学侍从），得以接近皇帝。

这时仁宗已二十岁，刘太后已六十开外，仍一手处置军国大事。而且在她的寿辰要仁宗和大臣们站在一起为她祝寿。范仲淹看不下去，上章请太后撤帘归政。当朝宰相吕夷简把他贬到河中府为通判。三年后太后去世，仁宗把他召回京城，派做右司谏。从此他上言更无所畏惧。但也不断被贬。

梅尧臣写了《啄木》《灵乌赋》等诗劝他不要总像乌鸦那样报凶讯而"招唾骂于邑阁"，他回了一篇《灵乌赋》说："**宁鸣而死，不默而生。**"并以此作为坚持一生的信条。

如果不是西夏的战事，他几乎要被贬死在岭南。

1040年前后，由于在西夏进犯中宋军屡败，仁宗起用范仲淹，升为龙图阁直学士，派他与韩琦一起去往陕西。在那里，他成了一位杰出的军事家。几年下来，军政打理得相当出色，西夏不敢进犯。

两首词写于陕北军中：

渔家傲·秋思

塞下秋来风景异，衡阳雁去无留意。四面边声连角起，千嶂里，长烟落日孤城闭。　浊酒一杯家万里，燕然未勒归无计。羌管悠悠霜满地，人不寐，将军白发征夫泪。

词中表达了决心守边御敌，也反映了作者思念家乡的情绪和战士们的艰苦生活。彭孙遹《金粟词话》特别指出，最后一句"苍凉悲壮，慷慨生哀。"

苏幕遮

碧云天，黄叶地，秋色连波，波上寒烟翠。山映斜阳天接水，芳草无情，更在斜阳外。　黯乡魂，追旅思，夜夜除非，好梦留人睡。明月楼高休独倚，酒入愁肠，化作相思泪。

写羁旅客愁。全词低回婉转，而又不失沉雄清刚之气。清邹祗谟评曰："前段多入丽语，后段纯写柔情，遂成绝唱。"

欲遣相思，反而更增相思之苦。

在西北四年。庆历三年（1043），仁宗决心进行政治与军事改革，把范仲淹调回来，授官参知政事（副宰相）。范为良相的理想此时得以实现。他短时间内提出十项改革方案，首先是澄清吏治。然而却触犯了朝中一些人的利益。其结果是仁宗退却，"庆历新政"失败。1046年，58岁的范仲淹自请离开朝廷。

在邓州，范仲淹写下了流芳百世的《岳阳楼记》，表达了**"不以物喜，不以己悲"**，**"先天下之忧而忧，后天下之乐而乐"**的毕生追求。

朱熹说：范仲淹是天地间的一股浩然正气。

能力超强，无论什么身份都能做到极致。

1052年，赴颍州任，途中逝世。死后谥**文正**。

【欧阳修】（1007—1072）字永叔，自号醉翁，晚号六一居士，江西庐陵（今吉安）人，1030年进士。官至翰林学士，枢密副使，参知政事（副宰相）。

四岁时父亲去世，家中生活困难，其母"画荻教子"，传为佳话。

中举后，和一些青年才俊在洛阳同为钱惟演（吴越王钱俶之子）幕僚。钱对他们非常优待。在那段时间，欧阳修纵情声色，创作了大量写给青楼女子的艳词。

他晚年作诗感叹：

"我曹初官便伊洛，当时意气尤骄矜。主人乐士喜文学，幕府最盛多交朋。"

"曾是洛阳花下客，野芳虽晚不须嗟。"

蝶恋花

庭院深深深几许？杨柳堆烟，帘幕无重数。玉勒雕鞍游冶处，楼高不见章台路。　　雨横风狂三月暮，门掩黄昏，无计留春住。泪眼问花花不语，乱红飞过秋千去。

此词并见于南唐冯延巳《阳春集》。写幽居深院的女子伤春怀人之情。末两句闺中人泫然欲泣的情状呼之欲出，尤为动人，为历来词评家赞誉。

李清照《临江仙》词序云："欧阳公作《蝶恋花》，有'深深深几许'之句，予酷爱之，用其语作'庭院深深'数阕。"

玉楼春

别后不知君远近。触目凄凉多少闷。渐行渐远渐无书，水阔鱼沉何处问。　　夜深风竹敲秋韵，万叶千声皆是恨。故欹单枕梦中寻，梦又不成灯又烬。

生查子

去年元月时，花市灯如昼。月上柳梢头，人约黄昏后。
今年元月时，月与灯依旧。不见去年人，泪湿春衫袖。

下面这首词是1034年他西京留守推官任满，在离别宴席上所作：

玉楼春

尊前拟把归期说，未语春容先惨咽。人生自是有情痴，此恨不关风与月。　　离歌且莫翻新阕，一曲能教肠寸结。直须看尽洛城花，始共春风容易别。

与梅尧臣在洛阳重逢时，写了下面这首词：

浪淘沙

把酒祝东风，且共从容。垂杨紫陌洛城东。总是当时携手处，游遍芳丛。　　聚散苦匆匆，此恨无穷。今年花胜去年红。可惜明年花更好，知与谁同。

天下无不散的宴席，聚散匆匆。明年却不知与谁同行。
抒发人生聚散无常的感慨。

1034年回到汴京任职，逐渐走入政治中心。

欧阳修性耿直，敢谏言。他的母亲当年不仅"画荻教子"，而且在他为官以后，还经常将他父亲生前做司法官时清正廉洁、爱民如子的故事讲给他听。纵观欧阳修一生：官至副宰，爱民如子；文坛领袖，一代文宗；才华横溢，妙笔生花。和宋祁一起修了《新唐书》，独自修了《五代史》。

《宋史》说他："天资刚劲，见义勇为，虽机阱在前，触发之不顾。放逐流离，至于再三，志气自若也。""修为文天才自然，丰约中度。其言简而明，信而通，引物连类，折之为至理，以服人心。超然独骛，众莫能及，故天下翕（音悉）然师尊之。奖引后进，如恐不及，赏识之下，率为闻人。曾巩、王安石、苏洵、洵子轼、辙，布衣屏处，未为人知，修即游其声誉，谓必显于世。笃于朋友，生则振掖之，死则调护其家。""苏轼叙其文曰：'论大道似韩愈，论事似陆贽，记事似司马迁，诗赋似李白。'识者以为知言。"

他曾支持范仲淹主持的"庆历新政"；他担任谏院主管，直接通天，权限极大，却也得罪人。于是政敌从他年轻时的"风流"弄出个"盗甥案"，欲将他打倒。后来虽因证据不足，罪名不成立，但还是被以支持新政为由，贬到滁州等地。于是有了著名的散文《**醉翁亭记**》。

欧阳修是北宋著名散文家，唐宋八大家之一。他的《醉翁亭记》把文学的使命感从"文以载道"转换到平实。他写得那么轻松，一个爱喝酒的太守，与民同乐，给亭子起名叫"醉翁亭"。

还有下面这首《*浣溪沙*》，是贬官颍州时作：

浣溪沙

堤上游人逐画船，拍堤春水四垂天。绿杨楼外出秋千。　　白发戴花君莫笑，六幺催拍盏频传。人生何处似尊前。

几年后调回京城，先后出任翰林学士、史馆修纂、枢密副使、参知政事、刑部尚书、兵部尚书等职，官越做越大。

1057年，他和梅尧臣等主持了一场著名的"嘉祐二年科举"，中举者有苏轼、苏辙兄弟，曾巩、曾布兄弟，程颢、程颐兄弟，吕惠卿，章惇，王韶，张载等，净是一些引领时代的人物。

到1067年（英宗治平四年），61岁的欧阳修又被人举报与儿媳有染，最后也因证据不足不了了之。他因之无心朝政，多次提出辞职。朝廷专门发文辟谣，以正视听，新即位的神宗皇帝并亲自安慰他。他长叹一声，默然不语。

死后赠太师、楚国公，谥号"文忠"。

仁宗庆历八年（1048），欧阳修出守扬州时，修了一座"平山堂"。此堂居于高处，诸山似都拱列于其下，因名。他逝世七年后的1079年，苏轼第三次路过拜谒此堂，此时距他与恩师最后一次见面已经十年。苏轼填了一首《西江月》（另见第四章）：

西江月·平山堂

三过平山堂下，半生弹指声中。十年不见老仙翁，壁上龙蛇飞动。　　欲吊文章太守，仍歌杨柳春风。休言万事转头空，未转头时皆梦。

第三章 慢词之开山——柳永

第三章　慢词之开山——柳永

南宋吴曾云："词自南唐以来，但有小令。慢词起于宋仁宗朝（钮按：似应为真宗朝）。中原息兵，汴京繁庶，歌台舞席，竞赌新声。耆卿（柳永）失意无俚，流连坊曲；遂尽收俚俗语言，编入词中，以使伎人传习。一时动听，散播四方。其后东坡（苏轼）、少游（秦观）、山谷（黄庭坚）等相继有作，慢词遂盛。"（《能改斋漫笔》）世之言词学者，遂以永为慢词之"开山"。

唐人已有长调，但都出于民间之无名作者，为士大夫所鄙夷。必待柳永之"日与偃（音瑗）子纵游娼馆酒楼间，无复俭约"（《艺苑雌黄》）者，始肯低首下心为之制作。故发展稍迟。

【柳永】（984—1053），原名三变，字景庄；后改名永，字耆卿。因排行第七，又称柳七。福建崇安人。出身世家，父、叔及两位兄长均为进士。父亲曾是南唐降臣。他18岁时离家前往京师赶考。一路走走停停，游山玩水。到杭州填了一首《望海潮》。

望海潮

东南形胜，三吴都会，钱塘自古繁华。烟柳画桥，风帘翠幕，参差十万人家。云树绕堤沙。怒涛卷霜雪，天堑无涯。市列珠玑，户盈罗绮，竞豪奢。　　重湖叠巘清嘉。有三秋桂子，十里荷花。羌管弄晴，菱歌泛夜，嬉嬉钓叟莲娃。千骑拥高牙。乘醉听箫鼓，吟赏烟霞。异日图将好景，归去凤池夸。

似是一首向太守求谒见的词，但是写得很好。也在题材上拓宽了宋词的写作范围。

据罗大经《鹤林玉露》记载："此词流传，金主亮闻歌，欣然有慕于'三秋桂子，十里荷花'，随起投鞭渡江之志。"——这是以后的事了。

他在杭州玩够了才启程。经过苏州、扬州等繁华城市，都要停下来住上一年半载，穿行于烟花柳巷。从家乡到京师这一路走了六年。

名落孙山后，他填了一首《鹤冲天》，为落榜出气：

鹤冲天

黄金榜上，偶失龙头望。明代暂遗贤，如何向？未遂风云便，争不恣狂荡，何须论得丧？才子词人，自是白衣卿相。　　烟花巷陌，依约丹青屏障。幸有意中人，堪寻访。且恁偎红倚翠，风流事，平生畅。青春都一饷。忍把浮名，换了浅斟低唱。

"鹤冲天""龙头望""偶失"而已。可见他心比天高。"暂遗贤"是在讽刺当朝者遗漏了自己这个大贤人，但自信这不过是暂时的，还自诩是白衣卿相。青春转瞬即逝，不要浪费时间去争取什么浮名了，还是在欢乐中浅斟低唱吧！

词传得很广，真宗也听到了，很是反感。柳三变再次参加科考时，皇帝批曰："且去浅斟低唱，何要浮名！"自此绝了他的科考之路。他干脆彻底混迹于青楼歌女之中，并在自己作品的署名处都写上"奉旨填词柳三变"七个大字。

虽然与功名无缘，柳三变却在歌女中大红。他创作慢词独多。铺叙刻画，情景交融，语言通俗，音律谐婉，流传极广。人称"凡有井水处，皆能歌柳词"。是婉约派最具代表性的人物之一，也因此生活无虞。

定风波

自春来，惨绿愁红，芳心是事可可。日上花梢，莺穿柳带，犹压香衾卧。暖酥消，腻云亸，终日厌厌倦梳裹。（亸音朵）无那！恨薄情一去，音书无个。　　早知恁么，悔当初，不把雕鞍锁。向鸡窗，只与蛮笺象管，拘束教吟课。镇相随，莫抛躲，针线闲拈伴伊坐。和我，免使年少光阴虚过。

此为柳永"俚词"代表作。语言直白赤裸，有明显的市井气息。

表面看来，柳七哥每日在这温柔乡中销魂，每日里"酒力渐浓春思荡，鸳鸯绣被翻红浪"，但内心的痛苦不难想象。

八声甘州

对潇潇暮雨洒江天，一番洗清秋。渐霜风凄紧，关河冷落，残照当楼。是处红衰翠减，苒苒物华休。唯有长江水，无语东流。　　不忍登高临远，望故乡渺邈，归思难收。叹年来踪迹，何事苦淹留？想佳人，妆楼颙望，误几回、天际识归舟。争知我，倚阑干处，正恁凝愁。

应该是怀念远在故乡的妻子。

意境开阔，骨格高绝。苏轼曾评："'霜风凄紧，关河冷落，残照当楼'，此语于诗句不减唐人高处。"

蝶恋花

伫倚危楼风细细。望极春愁，黯黯生天际。草色烟光残照里，无言谁会凭栏意。　　拟把疏狂图一醉，对酒当歌，强乐还无味。衣带渐宽终不悔，为伊消得人憔悴。

此词借春愁怀人，心念百转千回，最后两句是柳词中流传千古的名句。

再次落第之后，他愤然离开京师。临别之际，他赠给情人一阕《雨霖铃》成为经典之作。

雨霖铃

寒蝉凄切，对长亭晚，骤雨初歇。都门帐饮无绪，留恋处，兰舟催发。执手相看泪眼，竟无语凝噎。念去去千里烟波，暮霭沉沉楚天阔。　　多情自古伤离别，更那堪，冷落清秋节！今宵酒醒何处？杨柳岸晓风残月。此去经年，应是良辰美景虚设。便纵有千种风情，更与何人说？

柳永慢词的典型代表。全词笼罩在一派愁云惨雾的浓重别绪里。

真宗去世，宋仁宗继位并亲政之后，开了一届"恩科"，柳三变改名**柳永**应考，总算得中，到浙江做官。临行之日，开封的青楼为之一空，歌女都去为他送别，抽泣声一片。

柳永在蹉跎半生之后终于入仕。然而前半生"风流浪荡"名声在外，纵然勤勤恳恳一心为民，也的确才能不凡，却仕途坎坷，始终不过是县令一类小官。在他已年过半百，在湖北江陵为县令时，写下一首《戚氏》，将自己的个性和一生生活状况，"充分表现在字里行间，兼写景、抒情、述事，颇似杜甫作歌行手段，其体式之开拓，实已下启东坡。"（龙榆生：《中国韵文史》）

戚氏

晚秋天，一霎微雨洒庭轩。槛菊萧疏，井梧零乱，惹残烟。凄然，望江关，飞云黯淡夕阳间。当时宋玉悲感，向此临水与登山。远道迢递，行人凄楚，倦听陇水潺湲。正蝉吟败叶，蛩响衰草，相应喧喧。　　孤馆，度日如年。风露渐变，悄悄至更阑。长天净，绛河清浅，皓月婵娟。思绵绵，夜永对景，那堪屈指，暗想从前。未名未禄，绮陌红楼，往往经岁迁延。　　帝里风光好，当年少日，暮宴朝欢。况有狂朋怪侣，遇当歌对酒竞留连。别来迅景如梭，旧游似梦，烟水程何限？念利名，憔悴长萦绊；追往事，空惨愁颜。漏箭移，稍觉轻寒。渐鸣咽，画角数声残。对闲窗畔，停灯向晓，抱影无眠。

此词为词史第二长词（第一是吴文英《莺啼序》）。

反思一生行事，百感交集，可为其一生缩影。宋人评价："离骚寂寞千年后，戚氏凄凉一曲终。"

1047年任屯田员外郎，系工部下六品官，在这一职位上致仕，故世称"柳屯田"。据说致仕后返回家乡，途中病逝于镇江。

明代冯梦龙的小说里，说他死时一贫如洗，身边没有一个亲人。是歌女凑钱安葬的他。（又有说他儿子已中进士为官，不至如此贫困。）

正因为《宋史》里没有他一个字，所以后人对他的生平竟无法了解真情。看来他入仕后的华丽转身并没有得到时代的真正理解。后来据说从族谱中得到一些蛛丝马迹。词名与功名，柳三变最终未能两全。

第四章 千古风流人物——苏东坡（上）

仁宗、神宗时代
1050～1110　　欧阳修、王安石、苏轼

1050	1055	1060	1065	107
宋 仁 宗 赵 祯			英宗赵曙	神宗
欧阳修 1007~1072	修史	主持科举	枢密副使　刑部尚书	被诬　变法 辞职
王安石 1021~1086		上书	参知政事　兵部尚书	变法
苏轼 1037~1101	娶妻	中举	制科 第三等	父死　守制 回来
黄庭坚 1045~1105				
秦观 1049~1100				
贺铸 1052~1125				

1070	1075	1080	1085	109
宋 神 宗 赵 顼 (xū)			哲 宗	
司马光 1009~1072			上　卒	
王安石 1007~1072	充次 罢相	下 退居金陵	卒	
苏轼 杭州	密州 徐州 杭洪	湖州 黄州 乌台	离开黄州 回朝	杭州 太守
秦观			中举	进
李清照 1084·1155				

1090	1095	1100	1105	111
宋 哲 宗 赵 煦		徽 宗 赵 佶		
苏轼 回朝	亲政 惠州	儋州	卒	至党争　毁誉
秦观	贬谪	卒		
李清照 1084~1155		结婚 回山东 青州		

作者手绘人物事件轴

056

第四章　千古风流人物苏东坡（上）
（附王安石词二首）

（一）眉山出三苏

【苏轼】（1037—1101）字子瞻，号东坡，四川眉山人。父苏洵，字老泉；弟苏辙，字子由，合称"三苏"。"眉山出三苏，草木为之枯。"

苏轼的母亲程氏，出身官宦家庭，接受过很好的教育。出嫁时苏洵还没有出道，家里很穷。苏洵到27岁才发奋读书，《三字经》里有这么四句："苏老泉，二十七，始发奋，读书籍。"游学赶考，经常不在家中。苏轼和苏辙两兄弟的教育几乎全在母亲身上。程氏不止教他兄弟二人读书背书，还经常教导为人之道。《宋史》和苏辙为母亲写的碑文中都记载了这样一件事：

程氏教孩子读《后汉书》中范滂（音旁）传，书中记载：后汉时范滂因反对宦官虐政而遭通缉。范滂为不连累县令及母亲而主动投案。范母送行，大义凛然。十岁的苏轼问道：妈，我长大以后若做个范滂这样的人你愿不愿意？程氏慨然曰："你若能做范滂，难道我不能做范滂的母亲？"

从两兄弟的诗文及回忆中，都可以看到程氏的早期教育对他二人所产生的深远影响。可惜兄弟二人高中之时，母亲却于同一年在家中离世。

宋仁宗嘉祐二年（1057年）欧阳修主持的一场科举被以"嘉祐二年科举"彪名青史。中举者有苏轼、苏辙兄弟、曾巩、曾布兄弟、程颢、程颐兄弟（理学宗师）、吕惠卿、章惇、王韶、张载（提出"为天地立心，为生民立命，为往圣继绝学，为万世开太平"者）等。唐宋八大家中占了三位（二苏、曾巩），加上主考官欧阳修和未中举的苏洵，除王安石外，宋朝的五位都聚集在这儿啦！真正是把天下英才一网揽尽了。

欧阳修对苏轼的才华极其赏识，说："老夫当避此人，放出一头地。"此即成语"出人头地"之出典所在。

苏洵应试不举，经宰相韩琦荐任秘书省校书郎（九品）、文安县主簿（八品）。他说："莫道登科易，老夫如登天。莫道登科难，小儿如拾芥。"

（二）雪泥鸿爪

苏轼在1061年的制科考试（由皇帝亲自出题和主持的，专为选拔高级人才的考试。历次录取者加起来约占所有进士的千分之一）中名列第三，苏辙第四。一、二等是虚设，没有人得过。三等历来只有一个人得过，一般人都在四等。之后被派往陕西凤翔府任签判。苏辙留在父亲身边，没有外放。赴任时弟弟把哥哥一直送到郑州西门外话别。他想起五年前赴京赶考时父子三人曾经过离此不远的渑池，想到兄长这次又要经过渑池了，便赋诗一首《怀渑池寄子瞻兄》，自注曰："昔与子瞻应举，过宿县中寺舍，题其老僧奉闲之壁。"

怀渑池寄子瞻兄（七律）

相携话别郑原上，共道长途怕雪泥。

归骑还寻大梁陌，行人已度古崤西。（崤音效）

曾为县吏民知否，旧宿僧房壁共题。

遥想独游佳味少，无方骓马但鸣嘶。

苏辙十九岁时曾经被任命为渑池县主簿，由于考中进士，未到任。故云"曾为县吏"。

苏轼收到后，寄去一首和诗。

和子由渑池怀旧（七律）

人生到处知何似，应似飞鸿踏雪泥。

泥上偶然留指爪，鸿飞那复计东西。

老僧已死成新塔，坏壁无由见旧题。

往日崎岖还记否？路长人困蹇驴嘶。

既然人生所到之处、所见之人、所留之印记多是偶然，也难以长存，不妨随遇而安，便可少些感伤与烦恼。

颈联二句自注云："往岁马死于二陵，骑驴至渑池。"二陵，指崤山，在渑池县西。

这时候的苏轼，年轻气盛，有些少不更事。

任职期满，又逢妻死父丧。1069年守制归来，朝里已大变样。

（三）熙宁变法与党争

话说宋辽"澶渊之盟"以后，两国一百多年间没有大的战争，对于大宋来说，应该是难得的好好建设国家的机会。但是事实并非如此。当时辽大举进攻，寇准主张真宗亲征，而有些大臣是劝皇帝逃跑的。有个叫王钦若的"参知政事"，就主张迁都南京。对于"澶渊之盟"后寇准声望地位的提高，他十分妒恨，便对真宗说，那是"城下之盟"，是可耻的事。他认为戎狄之性，畏天地而信鬼神。建议真宗"封禅"（祭祀天地），说服真宗并拉拢了满朝人士制造了所谓的"天命"。真宗于1008年改元"大中祥符"，开始了此后数年的多次赴泰山"封禅"。此举不仅劳民伤财，而且他已无心朝政，只想借天命来加强宋朝的统治。朝政被王钦若等"朝中五鬼"搞得乌烟瘴气。而且从中央到地方的官员群起效尤，各种迷信活动和大兴土木，耗尽国库。

闹腾了15年，直到真宗逝世。之后刘后以太后身份听政十二年。仁宗亲政以后不久，西夏重开战端，韩琦和范仲淹被派往延安。

这时，国家形势更加恶劣：1）官僚机构臃肿（冗官）；2）宋初以来，统治者对武将防范严密，将不专兵，因而军纪松弛，号令不明，缺乏训练，战斗力低，军队数额却猛增（冗兵）；3）官员（特别是高级官员）待遇极丰；4）数年战争，增加了财政负担。战争结束，媾和谈判，仍是宋朝给予大量钱财货物。辽也乘机骚扰，要求增加岁币……

在这种形势下，便有了仁宗倡导的、以范仲淹为首、一些有名望的大臣如欧阳修等人支持的**"庆历新政"**。但是由于一些既得利益者的反对，不过一年，仁宗退却，新政夭折了。范仲淹、欧阳修等离开朝廷。

仁宗在位42年。他没有儿子，继位的英宗赵曙是他的侄子。英宗身体不好，在位仅五年。死后由长子赵顼（音需）继位，是为神宗。赵顼在大宋已危如累卵时（1067年）登基，一切等待这位上进的青年皇帝去解决。

不久即召王安石进京，推行变法，称**"熙宁变法"**。

【王安石】（1021—1086），字介甫，临川（今江西抚州）人。仁宗庆历二年（1042年）进士，诗文大家，"唐宋八大家"之一。他的词作风格高峻，一洗五代绮靡旧习。早期任江宁知府时所作《金陵怀古》词，借景抒情，引发六朝兴亡感喟，寄托了对国事的忧心：

桂枝香·金陵怀古

登临送目，正故国晚秋，天气初肃。千里澄江似练，翠峰如簇。归帆去棹残阳里，背西风，酒旗斜矗。（归一作征，残一作斜）彩舟云淡，星河鹭起，画图难足。　念往昔、繁华竞逐，叹门外楼头，悲恨相续。千古凭高，对此漫嗟荣辱。

六朝旧事随流水，但寒烟，衰草凝绿。至今商女，时时犹唱，《后庭》遗曲。

全词情景交融，境界雄伟扩大，风格沉郁悲壮，为作者之杰作。张炎《词源》："清空中有意趣，无笔力者未易到。"

他影响历史更大的是推行新法。中举次年逢"庆历新政"，他总结失败的教训，于1059年呈上《上仁宗皇帝言事书》，说明他从那时起就开始思考变法之事了。被神宗召唤进京以后，很快，他就提出了一整套以经济为主，兼涉政治、军事的改革计划。

神宗给予了他无比信任，委以参知政事（副相），主持变法。凡是谏阻变法的人，统统被挪开让路；凡是支持新法的人，不论品行，都被信任重用；凡是能增加国家财政收入的方法，一律上马推行。这样，朝中大臣很快分成了新旧两派。

苏轼在这时回朝任职。他以为这事不能操之过急。他并不以新旧站队，而是提出"较量利害，参用所长"。有话不说不是苏轼的性格。于是常常和王安石这位"拗相公"有激烈争论。

王安石要搬开这块绊脚石。

苏轼看到帝国的危机，写了长达3400余字的上神宗皇帝书。然而看到皇帝对新政的全面支持，他只好主动提出离开朝廷。皇帝想给他一个较好的去处，让他到颍州担任知州。王宰相给改成通判。后来决定到杭州任通判。皇帝是为了改革事业忍痛割爱。

（四）辗转地方

1071年在杭州通判任上，留下著名诗句：

饮湖上初晴后雨（七绝）
水光潋滟晴方好，山色空蒙雨亦奇。
欲把西湖比西子，淡妆浓抹总相宜。

"西子湖"成为了西湖的别名。后来的诗人为之搁笔："除却淡妆浓抹句，更应何语比西湖？"

1074年调密州当第一把手，是他人生的起点。从此，到哪儿都干得红红火火。

江城子·乙卯正月二十日夜记梦
十年生死两茫茫，不思量，自难忘。千里孤坟，无处话凄凉。纵使相逢应不识，尘满面，鬓如霜。　　夜来幽梦忽还乡，小轩窗，正梳妆。相顾无言，惟有泪千行。料得年年肠断处，明月夜，短松冈。

到密州第二年梦见妻子王弗。
唐圭璋："真情郁勃，句句沉痛，而音响凄厉，诚后山所谓'有声当彻天，有泪当涌泉'也。"

江城子·密州出猎

老夫聊发少年狂，左牵黄，右擎苍，锦帽貂裘，千骑卷平冈。为报倾城随太守，亲射虎，看孙郎。　　酒酣胸胆尚开张。鬓微霜，又何妨？持节云中，何日遣冯唐？会挽雕弓如满月，西北望，射天狼。

借写出猎表示自己保卫边疆打击敌人的决心。当时年近四十，为到密州第二年。

关于这首词，他曾在与友人信中说："近却颇作小词，虽无柳七郎风味，亦自是一家。呵呵！数日前猎于郊外，所获颇多。作得一阕，令东州壮士抚掌顿足而歌之，吹笛击鼓以为节，颇壮观也。"此乃其作豪放词之尝试。

水调歌头

丙辰中秋，欢饮达旦，大醉，作此篇兼怀子由。

明月几时有？把酒问青天。不知天上宫阙，今夕是何年。我欲乘风归去，又恐琼楼玉宇，高处不胜寒。起舞弄清影，何似在人间！　　转朱阁，低绮户，照无眠。不应有恨，何事长向别时圆？人有悲欢离合，月有阴晴圆缺，此事古难全。但愿人长久，千里共婵娟。

此词格调高远，情韵兼胜，境界壮美，为后世推崇备至。胡仔《苕溪渔隐丛话》："中秋词自东坡《水调歌头》一出，余词俱废。"

苏轼作词，当在杭州时开始，但只偶一为之。到密州后词作多了起来，而且名作不少。此时他还没有遇到大的挫折，作品多是豪情与亲情的抒发，对前途还是充满了信心。在词作上有意识地在"柳七郎风味"之外独成一家，形成自己的风格，用词来表现和诗同样的内容题材和思想感情。

（五）徐州抗洪

他等待皇帝"遣冯唐"，等来的却是继续下放。1077年四月末，上任徐州知府。

"彭城（徐州古称）嘉山水，鱼蟹侔江湖，争讼寂然，盗贼衰少，聊可藏拙。"（写给司马光的信。他在密州时有盗贼，还有蝗灾。徐州这儿不错。）

然而世事难料，两个月后，黄河于澶州（今河南濮阳）附近决口。黄河在历史上五六十年决口一次，影响下游数百里。苏轼令人积蓄土石干草，加固城墙；同时组织救援在城外的百姓。

洪水不断涌来，徐州周围形成一个盆地。城外水位不断升高，超出城中平地近二丈，东南段城墙只比水位高六寸。

"水穿城下作雷鸣，泥满城头飞雨滑。"

城中老人献策：在城墙内侧修防护堤。

他这时俨然一个大统帅，发动一切人力：民夫，城内兵卒，并且居然动员了禁军将士。他自己在城上搭建一茅屋，日夜巡视，数过家门而不入。至九月下旬，全长984丈，高1丈，宽2丈的防护堤筑好。同日，洪水从东南面城墙涌入，被阻止住了。真正是生死时速啊！

过了半个月，洪水减退。长达七十余日的徐州抗洪战役大获全胜。

朝廷奖谕，皇帝盛赞知州，犒奖军民。同时诏准了苏轼在城外修筑工事防止洪水再次来袭的请求。洪水五六十年才有一次呢，他这是何等胸怀！

洪水退去之后，苏轼命人在毁坏严重的东门上修建了一座"黄楼"，一年后的九月九，与众人登楼共度重阳佳节。

"岂知还复有今年，把盏对花容一呷。莫嫌酒薄红粉陋，终胜泥中事锹锸。"

（六）乌台诗案

1079年，已经42岁的苏轼又接旨调任湖州知州。

他不解了。立了大功，受到皇帝盛赞，为什么还不能回朝呢？他给皇帝写了一封谢表，有这样的句子：

"知其愚不适时，难以追陪新进；察其老不生事，或能牧养小民。"

这就有点牢骚了。新党可抓到了把柄，说他讽刺当朝，对皇帝不忠。

朝廷里这几年是什么形势呢？

皇帝铁了心支持新政；王安石听不得不同意见；正直的大臣纷纷离开，一些想借机往上爬的小人充斥朝廷。新政往下推行更是困难重重。例如最重要的"青苗法"，这里面有一个借贷问题。下面的官员，一般不懂金融，也没有多余精力与专职人员来负责这项活动。再是放贷的风险很高，遇灾年后果严重。时代的局限性使得新法不可能在全国推行。而"拗相公"王安石的态度又是"天变不足畏，祖宗不足法，人言不足恤"。

直到那个叫郑侠的忧国忧民的小官员，找人画了一幅流民图秘密呈送皇帝，还附了一篇疏。神宗受到震动。他的祖母和母亲也大受刺激，跑到神宗面前悲号痛哭。

——这是1074年，苏轼正在密州唱《江城子》。

王安石被罢相，去出任江宁知府。他的位置由吕惠卿取代。吕惠卿心术不正，掌握大权后，耍尽阴谋来颠覆王安石。次年，王复拜相。但此时已得不到支持，吕惠卿又处处排挤。1076年10月，王辞职，退居金陵。有词作《千秋岁引》：

千秋岁引·秋景（王安石）

别馆寒砧，孤城画角，一派秋声入寥廓。东归燕从海上去，南来雁向沙头落。楚台风，庾楼月，宛如昨。　无奈被些名利缚，无奈被他情担阁。可惜风流总闲却。当初漫留华表语，而今误我秦楼约。梦阑时，酒醒后，思量著。

意境凄凉寥落，词意郁郁寡欢。明代李攀龙："不着一愁语，而寂寂景色隐隐在目，洵一幅秋光图，最堪把玩。"

皇帝改年号为元丰，从1078年起，亲自主持变法。周围一些小人围绕着他。这些人原无什么主张，皇帝让怎么干就怎么干。宰相的任务只是请圣旨、接圣旨、传达圣旨（三旨宰相）。

——这时，苏轼正在徐州治水，受到皇帝盛赞。

苏轼在去往湖州途中，经过扬州。他到平山堂凭吊老师和恩公欧阳修。

平山堂是1048年欧阳修出守扬州时所修（见045页）。苏轼这些年辗转于江南各地，三次经过扬州，都来这里凭吊。这时欧公去世已有八年。他们最后一次见面是在十年前。

西江月·平山堂

三过平山堂下，半生弹指声中。十年不见老仙翁，壁上龙蛇飞动。　欲吊文章太守，仍歌杨柳春风。休言万事转头空，未转头时皆梦。

壁上有欧公手迹，如龙蛇飞动；堂前有欧公手种的垂柳，欧公曾歌："手种堂前杨柳，别来几度春风"。故曰"仍歌"。

人死了，固然一切皆空；活着的人又何尝不是在梦中？

到湖州不过三个月，这位新太守就在全城百姓的围观下，被五花大绑地押走了。然后辗转千里抵达汴京，关进了御史台监狱。

这是怎么了？

原来皇帝身边这些人把苏轼（和司马光）视为对他们最大的威胁，必欲除之。苏轼的无比才华、名满天下，也使妒他的人心生嫉恨。其中有一个新党著名人物，即写出《梦溪笔谈》的宋代大文学家、大科学家沈括，竟是有点为人不齿了。

还是在苏轼任杭州通判时。沈括来到他的身边，和他畅叙旧情，抄了他的诗，回去逐条批注，附在察访报告里，上交给皇帝，告他"词皆讪怼"。这时又有讽刺言论，便成为定罪的铁证了。

是些什么样的诗呢？举两个例子：

山村五绝（之三）

老翁七十自腰镰，惭愧春山笋蕨甜。
岂是闻韶解忘味，迩来三月食无盐。

新法推行榷盐，盐价太高百姓买不起。

王安石曾知鄞县，在那一带推行新政试点。苏轼的辩文说，皇帝曾经要他留意那儿新政推行的情况，叫他"遇事即言"。因"未蒙施行"，乃"复作诗文，寓文托讽，庶几流传上达，感悟圣意"。

八月十五日看潮五绝（之四）

吴儿生长狎涛渊，冒利轻生不自怜。

东海若知明主意，应教斥卤变桑田。

海神若知君王意旨，把海边盐碱地变成良田就好了。讽刺新法大修水利，好大喜功。

那帮视苏轼为往上爬的绊脚石、要置他死地而后快的人，有舒亶（音胆）、李定、王圭、李宜之（多系王安石学生，靠支持新法走上高位，王安石退隐后成为朝中新贵）等。他们在此案中既是检举者，又是审判者。

于是苏轼落在了这帮小人手里。他们用尽一切办法侮辱他，折磨他，要他交代出能置他于死地的材料来。

一位曾关在隔壁牢房的官员写诗道："却怜比户吴兴守，诟辱通宵不忍闻。"

有一次他以为自己要死了，写了一首七律《绝命诗》给弟弟（还有一首给妻子）。其实这是一场误会。

绝命诗（七律）

圣主如天万物春，小臣愚暗自亡身。

百年未满先偿债，十口无归更累人。

是处青山可埋骨，他年夜雨独伤神。

与君今世为兄弟，更结来生未了因。

还是为苏轼说情的人多。特别是神宗的祖母发言了。

神宗祖母病重，皇帝要为她行大赦以求寿。祖母说，赦苏轼一人就够了。

连已经退隐的王安石都上书说："岂有盛世而杀才士者乎？"

最终皇帝释放了苏轼，贬谪黄州为团练副使。

第五章 千古风流人物——苏东坡（下）

苏轼仅存的三幅画

雨竹图（台北故宫博物院藏）

枯木怪石图（流入日本，2018年在香港以4.64亿港元拍卖成交）

潇湘竹石图（中国美术馆藏）

第五章　千古风流人物——苏东坡（下）

（七）黄州岁月

被关押了130天后，苏轼来到黄州。这时是1080年的初春。

所谓黄州团练副使，只是一个由当地政府看管的犯官。他不得离开所在地区，不能签署公事；他居无所、思无归，薪俸很少，生活陷入困境。

"得罪以来，深自闭塞，扁舟草履，放浪山水，与樵渔杂处，往往为醉人所推骂，辄自喜渐不为人识。平生亲友，无一字见及，有书与之亦不答，自幸庶几免矣。"

这是在苏轼到黄州将近一年后写给李之仪的信中回忆初来时自己的状况。当时借住在寺庙定慧院。此案亲友受到牵连者三十九人，幸免者避之唯恐不及。

卜算子·黄州定慧院寓居作

缺月挂疏桐，漏断人初静。谁见幽人独往来？缥缈孤鸿影。　　惊起却回头，有恨无人省。拣尽寒枝不肯栖，寂寞沙洲冷。

借月夜孤鸿这一形象托物寓怀。用极美意境，道尽当时精神遭遇。他孤寂，他还没有从死亡的惊恐中走出来。

"语意高妙，似非吃烟火食人语。非胸中有万卷书，笔下无一点尘俗气，孰能至此！"（黄庭坚）

友人章楶（楶音节。章楶字质夫）寄来书信和《水龙吟》一阕，他回信说："承喻慎静以处忧患。非心爱我之深，何以及此。谨置之左右也。《柳花》词妙绝，使来者何以措词。本不敢继作，又思公正柳花飞时出巡按。坐想四子，闭门愁断，故写其意，次韵一首寄去，亦告不以示人也……"

水龙吟·次韵章质夫杨花词

似花还似非花，也无人惜从教坠。抛家傍路，思量却是，无情有思。萦损柔肠，困酣娇眼，欲开还闭。梦随风万里，寻郎去处，又还被、莺呼起。　　不恨此花飞尽，恨西园，落红难缀。晓来雨过，遗踪何在？一池萍碎。春色三分，二分尘土，一分流水。细看来，不是杨花，点点是离人泪。

全词似以思妇喻杨花，又似以杨花喻思妇，达到了物我难分、物以神游的境界。

王国维《人间词话》："咏物之词，当以东坡《水龙吟》为最工。"

不久家眷来到黄州，他搬到江边一个驿站，叫**临皋亭**，一家人就挤在那里。然后他需要振作起来，首先解决一大家子的生活问题。

他把每月的俸禄按日分好，每日150文，挂在梁上，每日取下一串，不敢超支。

他有一个铁杆粉丝马梦得（跟随到此），找到既是他的监管者又是崇拜者的太守徐君猷，拨了50亩废弃的军用土地让他耕种。这块土地位于城东，他称之东坡，乃自号"东坡居士"。他于是带领一家人躬耕劳作。他在耕地的一边动手建造了五间草房，作为待客、休息与读书工作之所在。因系下雪天完工，故称"雪堂"。

"去年东坡拾瓦砾，自种黄桑三百尺。今年刈草盖雪堂，日炙风吹面如墨。"（与友人孔平仲）

他耕种的那块地有点贫瘠。元丰五年（1082年）的三月七日，他和几个朋友到一个叫沙湖的地方看地，途中遇雨，突然心中有所感悟。地没买成，却成就了一篇杰作：

定风波

序：三月七日，沙湖道中遇雨。雨具先去，同行皆狼狈，余独不觉。已而遂晴，故作此词。

莫听穿林打叶声，何妨吟啸且徐行。竹杖芒鞋轻胜马，谁怕？一蓑烟雨任平生。　料峭春风吹酒醒，微冷，山头斜照却相迎。回首向来萧瑟处，归去。也无风雨也无晴。

面对人生的风风雨雨，我行我素。有什么好怕的？自然界的晴雨既属寻常，社会人生中的风雨、人生得失又何足挂齿？

没有如意的人生，只有看开的生活。

是自我突围的政治宣言。

还是在那封给李之仪的信里，我们看到，一年来，他对自己的过去，有了深刻的剖析。他写道：

"轼少年时，读书作文，专为应举而已。既及进士第，贪得不已，又举制策，其实何所有？而其科号为'直言极谏'，故每纷然诵说古今，考论是非，以应其名耳。人苦不自知，既以此得，因以为实能之，故说说至今，坐此得罪几死。……"

"木有瘿，石有晕，犀有通，以取妍于人，皆物之病也。谪居无事，默自观省。回视三十年以来所为，多其病者。足下所见，皆故我，非今我也。"

——以前最大的毛病是才华外露，缺少自知之明。一段树木靠着瘿瘤、一块石头因为晕纹，取悦于人，其实这正是它们的毛病。我三十多年来想博得别人叫好的地方也大多数是我的弱项所在。……直到面临死亡了才知道，我是在炫耀无知。

十分诚恳的自我剖析，找回了一个真正的自己；得到了后人的敬仰。

在他的"雪堂"里，他潜心读书、写作、作画、做学问，成就了诗词书画四绝，取得了他人生最辉煌的成就，变成了一位冠绝古今的文豪。黄州成为了他文学创作的圣地。弟弟苏辙说：（苏轼）"蛰居于黄，杜门深居，驰骋翰墨，其文一变，如川之方至，而辙瞠然不能及也。"（我干瞪眼也赶不上了）

1082年，是他创作的井喷期。

1082年7月，东坡与友人来到赤壁矶，看江水奔腾，惊涛拍岸，一时间胸襟大开。他把对历史和人生的感悟，都凝聚在了长江边的赤壁。面对滚滚东流的江水，他唱出的《念奴娇·赤壁怀古》和写出的《前后赤壁赋》响彻千古。

念奴娇·赤壁怀古

大江东去，浪淘尽，千古风流人物。故垒西边，人道是，三国周郎赤壁。乱石穿空，惊涛拍岸，卷起千堆雪。（穿空，一作崩云；拍岸，一作裂岸）江山如画，一时多少豪杰！

遥想公瑾当年，小乔初嫁了。雄姿英发，羽扇纶巾，谈笑间，樯橹灰飞烟灭。故国神游，多情应笑我，早生华发。人生如梦，一樽还酹江月。

上阕写江山的美，写得惊心动魄。小乔的出现，使画卷变得儒雅从容。美人、英雄，流传千古的功业。而今安在？我又何必自顾多情，为自己的老大无成而伤悲呢？人生不过一场大梦，只有江水和明月是永恒的。

从那一年的词作中，我们可以感觉到他跳跃的思维，试图跳出尘世而又心有不甘的苦闷。

西江月

序：顷在黄州，春夜行蕲水中，过酒家饮。酒醉，乘月至一溪桥上，解鞍曲肱，醉卧少休。及觉已晓，乱山攒拥，流水锵然，疑非尘世也。书此语桥柱上。

照野弥弥浅浪，横空隐隐层霄。障泥未解玉骢骄，我欲醉眠芳草。　　可惜一溪风月，莫教踏碎琼瑶。解鞍欹枕绿杨桥，杜宇一声春晓。

层霄：层云；障泥：马鞯，垫在马鞍下的织品；琼瑶：美玉；欹（音欺）倾斜。

是新宇评：这首小词，反映苏轼在黄州时的放旷生活。写景之中，处处有"我"；"我"之情怀，即在景中。

沉浸于一个晶莹剔透、静穆安然的自然世界，寻找心灵安放地。

他置身于山水之间，一片生机盎然，信心也会立刻被激发出来：

浣溪沙

序：游蕲水清泉寺，寺临兰溪，溪水西流。

山下兰芽短浸溪。松间沙路净无泥。萧萧暮雨子规啼。　　谁道人生无再少？门前流水尚能西！休将白发唱黄鸡。

是不服老的宣言，是对未来的向往和追求。

仕与隐的矛盾，是他时常思考的主题：

江神子

序：陶渊明以正月五日游斜川。临流班坐，顾瞻南阜，爱曾城之独秀，乃作斜川诗，至今使人想见其处。元丰壬戌之春，余躬耕于东坡，筑雪堂居之。南挹四望亭之后丘，西控北山之微泉，慨然而叹，此亦斜川之游也！乃作长短句，以《江神子》歌之。

梦中了了醉中醒。只渊明，是前生。走遍人间，依旧却躬耕。昨夜东坡春雨足，乌鹊喜，报新晴。　　雪堂西畔暗泉鸣。北山倾，小溪横。南望亭丘，孤秀耸曾城。都是斜川当日景，吾老矣，寄余龄。

陶渊明41岁弃官归田，未再出仕；50岁作斜川之游。自己已经47岁了，还在躬耕东坡。与渊明当时景况如此相似，是否也就终老于此了？

他的好友王巩（字定国）受"乌台诗案"牵连，被贬岭南荒僻之地宾州（今广西宾阳），古人称南海。王巩遭此变故，二子死亡，家人散去，只有歌妓宇文柔奴跟随谪居。三年后应诏返回，路过黄州，苏轼和他们见面，赠词。

定风波·南海归赠王定国侍人寓娘

序：王定国歌儿曰柔奴，姓宇文氏，眉目娟丽，善应对，家世住京师。定国南迁归，余问柔："广南风土，应是不好？"柔对曰："此心安处，便是吾乡。"因为缀词云。

常美人间琢玉郎，天应乞与点酥娘。尽道清歌传皓齿，风起，雪飞炎海变清凉。　　万里归来颜愈少，微笑，笑时犹带岭梅香。试问岭南应不好？却道：此心安处是吾乡。

真正的安顿，是内心的安顿。心若没有了归宿，到哪里都是流浪。内心安定，波澜不起，自然随遇而安，处处都是故乡。

"此心安处是吾乡"，正是苏轼所向往的生活理念。友人侍妾的回答让他有知音之感。

还有一首小词《临江仙·夜归临皋》被误以为他"小舟从此逝，江海寄余生"了。

临江仙·夜归临皋

夜饮东坡醒复醉，归来仿佛三更。家童鼻息已雷鸣。敲门都不应，倚杖听江声。　　长恨此身非我有，何时忘却营营？夜阑风静縠纹平。小舟从此逝，江海寄余生。

他不愿醒来。但江海寄余生，是做不到的。
李白有诗："人生在世不称意，明朝散发弄扁舟。"
静夜沉思，豁然有悟。忧愁烦恼一笔勾销，以更豁达的心胸接受一切。

传到皇帝那里。神宗皇帝正想着当年对苏轼的处理是否重了一些。他想让苏轼回来修史，但身边那帮人不愿他回到朝里。皇帝只好把他平调到离自己近一点的汝州。于是苏轼在黄州四年多以后，终于要离开了。

他是以戴罪之身来黄州被监管的，却在流放时间里找到无穷乐趣，收获了深厚友谊。当他即将离开黄州时，他是这样的牵心挂肠：

满庭芳

序：元丰七年四月一日，余将去黄移汝，留别雪堂邻里二三君子。会仲览自江东来别，遂书以遗之。

归去来兮，吾归何处？万里家在岷峨。百年强半，来日苦无多。坐看黄州再闰，儿童尽楚语吴歌。山中友，鸡豚社酒，相劝老东坡。　　云何，当此去，人生底事，来往如梭。待闲看秋风，洛水清波。好在堂前细柳，应念我，莫剪柔柯。仍传语，江南父老，时与晒渔蓑。

再闰：元丰七年是1084年。他1080年初来到黄州，已经四年零两个月，经历了两次闰月。

李仲览，名翔，是他的友人。

词中抒发的离情，发自内心，可谓情深意切。

经历了人生大磨难的苏东坡，在黄州认真地体悟了人生，他的词，以及诗文书画，都达到了创作的绚烂高峰，词的风格也随之确立。

然后，他沿江东下，在庐山游了十多天，写了很多诗。最后却认不清庐山的真面目了：

题西林壁（七绝）

横看成岭侧成峰，远近高低各不同。

不识庐山真面目，只缘身在此山中。

全诗融景物、感情和哲思于一体。后两句成为千古名句。当局者迷，旁观者清。换个角度，事情便大不相同。

他到江宁去见王安石，住了一个来月。

次荆公韵（七绝）

骑驴渺渺入荒陂，想见先生未病时。（陂音杯，山坡）
劝我试求三亩宅，从公已觉十年迟。

他走后王安石对身边人说：不知再过几百年后，方能再出苏轼这样的人物。

与王安石一个来月的接触，让苏轼了解了汴京盘根错节的政治形势。他不想再卷入朝政纷争。于是给皇帝上表，要求派他到阳羡（今江苏常州。他以前在那一带为官时，在阳羡置了地产）去。离开金陵以后，在途中收到皇帝诏书，准他以"汝州团练副使"的身份驻阳羡。于是他立即沿江东下了。

（八）东山再起

他在阳羡过了几个月悠闲安逸的生活。在这里写下了《题画诗》：

题画诗（七绝）

竹外桃花三两枝，春江水暖鸭先知。
蒌蒿满地芦芽短，正是河豚欲上时。

在这里，他过了几个月安静、祥和的生活，真正享受了一把河豚的美味，这位老饕感叹曰："也值一死！"

1085年3月，神宗驾崩，哲宗赵煦即位，祖母高太后听政，立即召66岁的司马光回朝。司马光上台后，把新法全盘否定（后来回朝的苏轼并不赞成。他提出要保留一些好的做法），清洗新派人物（开启新旧党人之间数十年你死我活的党争），把过去遭贬斥的旧党人物召回。这一期间历史上叫"元祐更化"。苏轼从1085年5月到1086年9月，辗转数地，三级跳一般，七品、六品、四品，然后入朝为翰林学士知制诰，正三品。距宰相只有一步之遥。（司马光只当了八个月的宰相就去世了，位子空着呢。）

朝廷里面一片乱象，派系林立，各自有着不同的政治见解。矛头尽指他这个离宰相最近的人物。

他忧心忡忡。回到家里，他拍着肚皮问家里人这里面装的是什么，他的小妾朝云说："学士你是满肚子的不合时宜啊！"

苏轼带着"满肚子的不合时宜"，连上四道奏章，自请下放为浙西地区的行政长官兼杭州知州。

元祐四年（1089年），苏轼以龙图阁学士的身份第二次来到杭州。刚到不久，就遇到瘟疫大流行。作为水陆之会的杭州，疫情非常严重。他克服种种困难，居然在杭州创办起了一

所公立医院。"作饘粥（饘音詹。饘粥：稠粥）药饵，遣吏挟医，分方治病，活者甚众。"（《续资治通鉴长编》）

苏轼做的另一件大事是西湖的综合治理与改造工程，为后人留下了一座美丽的西湖和"苏堤春晓"与"三潭印月"两个著名景点。

1091年，太皇太后又将其召回朝廷。临行前他写了《八声甘州·寄参寥子》。从中我们不难看出，他似乎已经预料到又一场巨大的政治旋涡在等着他。

八声甘州·寄参寥子

有情风万里卷潮来，无情送潮归。问钱塘江上，西兴浦口，几度斜晖？不用思量古今，俯仰昔人非。谁似东坡老，白首忘机。　　记取西湖西畔，正暮山好处，空翠烟霏。算诗人相得，如我与君稀。约他年，东还海道，愿谢公雅志莫相违。西州路，不应回首，为我沾衣。

他还在做着艰难的抉择。"白首忘机"的他，决定还是知难而上，去拼一把。但我还是要"东还海道"的啊！如果不幸如谢安一样，你也不必"为我沾衣"！

叶嘉莹认为这是苏轼最好的一首词。

郑文焯评曰："突兀雪山，卷地而来，真似钱塘江上看潮时。添得此老胸中数万甲兵，是何气象雄且荣。妙在无一字豪宕，无一个险怪，又出得闲逸感喟之情，所谓骨重神寒，不食人间烟火气者，词境至此观止矣。云锦成章，天然无缝。"

此次召回，官居三品翰林学士知制诰、礼部尚书、兵部尚书，为皇帝拟圣旨。据称他所拟圣旨"无不铿锵有声，妥帖工巧，简练明确"（林语堂：《苏东坡传》）。

他干得风生水起，尽展宰相之才，深得太皇太后信任。短短三年，他达到了别人难以企及的高度，然亦为几年以后新党狠狠报复埋下祸根。

（九）惠州儋州

哲宗亲政，朝廷又翻个儿。此时章惇为相，将苏轼流放岭南惠州。

章惇本是苏轼同科进士，二人还曾是不错的朋友，一起出游、题词。章惇选择了新党。当苏轼身陷乌台，王珪拿着苏轼的诗"地下唯有蛰龙知"向皇帝挑唆，欲置苏轼于死地时，章惇并不以为然。苏轼初到黄州时，还与他有书信往来。司马光回朝以后将他流放，他却怪苏轼没有替他讲话。现在手里有了权，便对旧党尤其是苏轼展开疯狂报复。

宋室祖训不杀上书言事之士，流放岭南这在当时的蛮荒之地，已经算是最高的惩罚了。

这次流放，是九品犯官的身份。苏轼却认认真真地办起事来。

他在惠州开学堂、办书院，启蒙了当时当地的百姓。

他听说不远处的广州，老百姓饮水不洁，经常发生瘟疫，便给广州太守写信，建议他修建引水工程：将20里外的清洁水源用竹管引入城中，具体方法考虑得非常细致合理。后来建成，惠及广大百姓，是中国最早的自来水工程。他不愧为一名市政工程的先行者。他还把在杭州办公立医院的经验介绍到广州。

妻子王闰之已于1093年去世。他把家人留在阳羡，由长子苏迈照顾；只朝云和幼子苏过伴他同行。

"初欲独处贬所，儿女辈涕泣求行，故与幼子过一人来……"

父子二人诗歌唱和，给苏轼带来极大慰藉。他甚至要和陶彭泽（陶渊明）比一比：

"过子诗似翁，我唱而轧酬。未知陶彭泽，颇有此乐不？"

他强颜欢笑，让朝云唱他在密州时填的词（有说是在惠州作）：

蝶恋花·春景

花褪残红青杏小。燕子飞时，绿水人家绕。枝上柳绵吹又少，天涯何处无芳草。　　墙里秋千墙外道，墙外行人，墙里佳人笑。笑渐不闻声渐悄，多情却被无情恼。

在暮春的景色中，借墙里、墙外，佳人、行人，一个无情、一个多情的故事，寄寓了他的幽愤之情。

朝云唱了一半，痛哭失声，唱不下去。

两年以后，朝云在惠州染上瘟疫，不幸去世。苏轼在墓上写楹联：

> 不合时宜，唯有朝云能识我
> 独弹古调，每逢暮雨倍思卿

惠州城西有丰湖。苏轼却难忘杭州西湖，一次酒醉后写诗称之为西湖。后来丰湖便改名为西湖。

为了安慰和照顾好父亲，苏过不断学习新的技能。朝云去世后他努力学习烹饪。看到父亲睹物思人，又亲自动手，移址建造一所新居。二人在新居一起种菜，喝自制果酒。长子一家亦来看望。眼看三年将至，他已准备在这儿安享晚年了。

他前一阵写的诗传了出去：

纵笔（七绝）

白头萧散满霜风，小阁藤床寄病容。
报道先生春睡美，道人轻打五更钟。

道士心中也是那样关爱着他。

食不果腹。他买了没人要的羊脊骨，创造了羊蝎子的做法。他发现了岭南的荔枝很好吃，写了《惠州一绝》：

惠州一绝（七绝）
罗浮山下四时春，卢橘杨梅次第新。
日啖荔枝三百颗，不辞长作岭南人。

是把满腹苦水唱成赞歌。

开学堂，办书院，大吃货，春睡美。章惇听说了：你倒自在？再贬！1096年，迫害加厉，苏轼再被流放到可以说是死亡之地的海南儋州。

这一次，61岁的苏轼已经身似槁木，心如死灰。仍是苏过陪伴，渡海的船上放着一具空棺。

他给友人写信："此间食无肉，病无药，居无室，出无友、冬无炭、夏无寒泉。然亦未易悉数，大率皆无耳。"

饮食极其恶劣：当地人老鼠、蝙蝠、蜈蚣……什么都吃。

在这样的困境下，他仍然干着好事。他发现当地"百井皆咸"，黎、汉民族饮用不洁之水而患病者很多。乃带领乡民在附近勘探，凿出一口井：泉旺井甜。乡民称之为"东坡井"。自此因饮水而生病者减少。

至今此井仍在，没有干过。井所在的村子亦更名为"东坡村"。

他办学教书，培养出了海南历史上第一位举人。海南的东坡书院在明清两朝出了许多举人、进士。至今儋州有"东坡书院"，里面有东坡雕像。

人说："东坡不幸海南幸。"

知州先安排他们住在官舍，但不久又被朝廷知道。在当地，善待苏轼的人都遭到革职。父子二人被赶了出来，住在桄榔林中喂蚊子。后来在黎族村民的帮助下，搭起一座茅草棚子安身；还给起了个好听的名字：桄榔庵。

有时无食物接济，父子二人煮苍耳为食。有时甚至断了顿，美其名曰"辟谷"。后来发现海南的牡蛎很好吃。便写信给亲友告知。还说别跟人家说，要不都要来吃了。

西江月

世事一场大梦，人生几度秋凉。夜来风叶已鸣廊，看取眉头鬓上。　　酒贱常愁客少，月明多被云妨。中秋谁与共孤光，把盏凄凉北望。

中秋之夜，无人与我共赏明月，我只好一个人举起酒杯，凄凉北望。

秦观在贬谪中寄来《千秋岁》一首：

千秋岁

水边沙外，城郭春寒退。花影乱，莺声碎。飘零疏酒盏，离别宽衣带。人不见，碧云暮合空相对。　　忆昔西池会，鹓鹭同飞盖。携手处，今谁在？日边清梦断，镜里朱颜改。春去也，飞红万点愁如海。

追忆往事中，体现了伤心人的悲情，生命之花凋落过程中的飘零感。

苏轼和词：

千秋岁·次韵少游

岛边天外，未老身先退。珠泪溅，丹衷碎。声摇苍玉佩，色重黄金带。一万里，斜阳正与长安对。　　道远谁云会，罪大天能盖。君命重，臣节在。新恩犹可觊，旧学终难改。（觊音以）吾已矣；乘桴且恁浮于海。

身居僻地，未及暮年就已经成为废人了。我的人生也就这样了，不如在天地之间自然地生活吧！

笑谑中听到他灵魂在哭泣。

苏过与之相依为命，却在兄弟中得到父亲的教导最多，学问最好。他帮父亲一起整理了《东坡志林》文稿，注完《尚书》和《论语》。

这次流放共七年：惠州三年，儋州四年。1100年，哲宗去世，徽宗即位，大赦天下，才将他放回。

章惇因为反对太后选赵佶继位，也被流放海南。章的儿子看到苏轼大有要被重用之势，便给苏轼写信，求他"为相"后放过他父子。苏轼回信说："轼与丞相定交四十年，虽中间出处稍异，交情故无所增损也。"其人格高下立见。

1101年出发。他先到惠州，把朝云的遗骸带回她的家乡杭州安葬，然后翻山越岭，从赣州上船，沿赣江到长江。

经江苏镇江，见金山寺中多年前画家李公麟留下的自己的画像，便提笔在画像下面写下：

自题金山画像
心似已灰之木，身如不系之舟。
问汝平生功业，黄州惠州儋州。

这是他人生最后的作品，提炼概括了他一生悲惨境遇。"一代文豪，英才天纵。回首往事，唯存贬谪。其遭遇之坎坷遂成千古伤心事。"（岳希仁：《宋词绝句精华》）

时值夏季，船上酷热。他在船上生活了四五个月，到阳羡时身体已经很差。1101年8月，苏轼因痢疾病逝阳羡。一代巨星的颠沛人生终于谢幕。

（十）千古风流人物苏东坡

苏轼（子瞻，东坡居士）是伟大的文学家，一生留下了二千七百多首诗，三百多首词，四千八百篇文章，创作生涯持续了四十余年，并一人占有了当时可能有的文史哲艺的所有门类。是北宋中期文坛领袖。

【词】

摘录一些评论：

"北宋前期的词，……都没有突破'词为艳科'的藩篱，内容仍旧局限于男女相思离别之情，'靡靡之音'充塞了整个词坛，风格始终是柔弱无力，极少例外。苏轼的贡献首先是打破词的狭隘的传统观念，开拓词的内容，提高词的意境。"

"苏轼'以诗为词'，不仅用诗的某些表现手法作词，而且把词看作和诗具有同样的言志咏怀的作用。这样，就解放了词的内容和形式上的束缚，使它具有较前宽广得多的社会功能。这意义是不可低估的。"（胡云翼）

在苏轼现存的300多首词里，诸如咏史、游仙、悼亡、登临、宴赏、山河风貌、田园风光、参禅悟道、哲理探讨等，几乎无所不写。

"眉山苏氏，一洗绮罗香泽之态，摆脱绸缪宛转之度，使人登高望远，举首高歌，而逸怀浩气，超然乎尘垢之外。"（胡寅：《酒边词》）

"其次，苏轼不顾一切文人的责难与讪笑，毅然打破了词在音律方面过于严格的束缚，也是和词的革新完全相应的、有意义的创举。""苏轼特别重视词的文学方面的意义，不把它作为音乐的附庸，不让思想内容和艺术表达受到损害，不让自由奔放的风格受到拘束。"（胡云翼）

"居士词人谓多不协律，然横放杰出，自是曲子中缚不住者。"（晁补之）

"公非不能歌，但豪放，不喜剪裁以就音律耳。试取东坡诸词歌之，曲终觉天风海雨逼人。"（陆游：《老学庵笔记》）

苏轼在密州时开始创作词，并有意识地形成自己的风格。他所抒发的多是主体的自我感受，把自己的激情投入到词中。"东坡诗词，至黄州后，乃登峰造极，皆生活环境之使然也。"（龙榆生）

苏轼的"以诗为词"，大大开拓了词的创作道路，为南宋词之风起云涌做好了充分准备。

【诗文书画】

诗：题材广阔，清新豪健，善用夸张比喻，独具风格，与黄庭坚并称"苏黄"。

文：行云流水，纵横恣肆，豪迈奔放，人称"韩（愈）潮苏海"；散文著述宏富，豪放自如，与欧阳修并称"欧苏"，为"唐宋八大家"之一。

书法为"宋四家"（苏黄米蔡）之一；

画：擅长文人画，尤擅墨竹、怪石、枯木等。

苏轼死后第二年，宋徽宗和蔡京立"元祐党籍"，命令"天下碑碣榜额，系东坡书撰者，并一例除毁"。凡苏轼"片言只字，焚毁勿存"。毁掉了苏轼大量真迹。尤其绘画作品，后世仅三幅画作遗世，成为无价之宝。它们是：枯木怪石图；潇湘竹石图和雨竹图。其中仅有《潇湘竹石图》在国内，现存中国美术馆。

【几乎全能】

在密州时，他领导人民抗蝗灾。

在徐州抗洪，他坐镇城楼，指挥千军万马，是统帅，是水利工程专家。

在杭州疏浚西湖，修筑苏堤，于堤上建造了六座桥和五座亭子；湖中三潭印月，是为了测量水位。他是市政工程专家、园林建筑专家。

在岭南，他设计了广州的自来水工程，应该是世界最早的吧？

他足迹所至，到处办学：在惠州、儋州。是他让岭南的黎、汉族老百姓启蒙读书。

他办医送药，治病救人。

生活所迫，他成为了美食家、酿酒师、茶艺师……

最重要的，还是他的人格魅力。

【人格魅力】

他以亲身的实践，为我们树立了一种人格精神的标准："富贵不能淫，贫贱不能移，威武不能屈，是为大丈夫也。"（《孟子》）

王国维说："若无文学之天才，其人格亦足千古。""不因进而流于逸乐，不因退而短其气节。"

千百年来，人们如此爱他，敬仰他，同时又觉得他是我们之中的一个。

他曾对弟弟子由说："吾上可以陪玉皇大帝，下可以陪卑田院乞儿。**眼前见天下无一不是好人。**"

他原谅了沈括、章惇等等这些极大地损害过他的人。

林语堂先生评价："苏东坡是一个无可救药的乐天派、一个伟大的人道主义者、一个百姓的朋友、一个大文豪、大书法家、创新的画家、造酒试验家、一个工程师、一个皇帝的秘书、酒仙、厚道的法官……"

谁能不为中国历史上曾拥有如此伟大的人物而感到自豪？

第六章 苏门学士与贺铸、周邦彦

松風閣

依山築閣見平
川夜闌箕斗插
屋椽我來名之
意適然老松魁
梧數百年斧
斤所赦令參天
風鳴媧皇五十
弦洗耳不須
菩薩泉嘉

黄庭坚书法

天下第三行书：《苏
轼寒石帖》局部

"飘到眉心住"（黄庭坚《虞
美人》）

100

第六章　苏门学士与贺铸、周邦彦

（一）苏门学士

苏轼是继欧阳修之后北宋文坛的领袖人物，在当时的文人中享有巨大的声誉。元祐年间，与之交游或接受他的指导者甚众。在众多门生和崇拜者中，他最欣赏和重视的有四人。他在与友人信中曾说："如黄庭坚鲁直、晁补之无咎、秦观太虚、张耒文潜之流，皆世未之知，而轼独先知之。"由于苏轼的推誉，四人很快名满天下，《宋史》有记载说此四人"俱游苏氏门，天下称为四学士"。

不过这一称号只是表明他们得到过苏轼的垂青和指导，并不意味他们与苏轼可以统称为一个文学流派。实际上四学士造诣各异，文学风格也大不相同。比如黄庭坚的诗自创流派，秦观的主要成就在词，但他的词不走苏轼的路子，而以纤丽婉约见长。

下面介绍黄庭坚与秦观二位"苏门学士"的词。

【黄庭坚】（1045—1105），字鲁直，自号山谷道人，晚号涪翁，洪州分宁（今江西修水）人。是宋朝的另一位神童。七岁时作《牧童诗》："骑牛远远过前村，短笛横吹隔陇闻。

多少长安名利客，机关用尽不如君。"如果拿唐初神童骆宾王七岁时所作的《咏鹅》来相比，其眼界情怀远远高出。

1067年进士。那一年正好神宗即位。

1078年作古风二首，投徐州太守苏轼。二人由此结下友谊。

1083年在德州为小吏时，与德州通判赵挺之（新党，李清照的公爹）在新法的推行上产生矛盾，种下后来遭贬的祸根。

高太后听政时被召入京，曾任国子监教授。1085年任秘书省校书郎、《神州实录》检讨官、著作佐郎。绍圣初哲宗亲政，新党认为其修史"多诬"，于1104年将其贬到广西。徽宗即位之初，召回为太平州（今当涂）知州。后蔡京立"元祐党人碑"，将其列入。赵挺之为相，因报私怨，从他写的《承天院塔记》中摘取片言只语，诬告他"幸灾谤国"，再次押送广西宜州。次年死于贬所宜州的戍楼。为苏门四学士之一。与老师在诗词、文章、书法上相互交流，终生对苏轼都十分尊敬。

他的诗为"江西派"的开山大师，词与秦观齐名，书法列宋四家"苏黄米蔡"。

黄庭坚词三首：

水调歌头

瑶草一何碧，春入武陵溪。溪上桃花无数，枝上有黄鹂。

我欲穿花寻路，直入白云深处，浩气展虹霓。只恐花深里，红露湿人衣。　　坐玉石，倚玉枕，拂金徽。谪仙何处？无人伴我白螺杯。我为灵芝仙草，不为朱唇丹脸，长啸亦何为？醉舞下山去，明月逐人归。

学苏轼"明月几时有"。苏轼不愿"乘风归去"，因为"高处不胜寒"；黄庭坚是怕"红露湿人衣"。既想一展宏图，又厌弃俗世的尔虞我诈，还有一点点心有不甘。

清平乐·晚春

春归何处？寂寞无行路。若有人知春去处，换取归来同住。　　春无踪迹谁知？除非问取黄鹂。百啭无人能解，因风飞过蔷薇。

感叹时光去而不返。

虞美人·宜州见梅作

天涯也有江南信，梅破知春近。夜阑风细得香迟，不道晓来开遍、向南枝。　　玉台弄粉花应妒，飘到眉心住。平生个里愿杯深，去国十年老尽、少年心。

宜州：今广西宜山。这首词写于1104年。作者初次受到贬谪是1094年（哲宗绍圣元年）。至此又因元祐党籍被贬，恰恰十年。

"飘到眉心住"：《太平御览》：（南朝）"宋武帝女寿阳公主人日卧于含章殿檐下，梅花落在公主额上，成五出花，拂之不去。……经三日，洗之乃落。宫女奇其异，竞效之。今梅花妆是也。"

最后两句：少年时遇到美景时总是尽兴喝酒，可是经过十年贬谪之后，再也没有这种兴致了。

黄庭坚死于"见梅"的次年九月。

"自苏轼与柳永分道扬镳，而词家遂有'别派''当行'之目。后来更分'婉约''豪放'二派，而认'婉约'者为正宗。""所谓正宗派，必须全协音律，而又不可'词语尘下'。此秦（观）贺（铸）诸家之所以谓'当行'也。"（龙榆生：《中国韵文史》）

【秦观】（1049—1100），字少游，又字太虚，江苏高邮人，是苏门四学士之一。元祐年间苏轼为礼部尚书时，秦观为国史院编修。

秦观小苏轼12岁。苏轼知徐州时，秦观北上赴试路过，曾谒见苏轼，并正式拜苏轼为师。秦观生性洒脱不拘，溢于文词。年轻时两试不第，至哲宗元祐元年（1085年）37岁时方才得中进士。

秦少游是名士（风流才子）、国士、政治家，又是词人、诗人、文章家。黄庭坚有诗赞他："东南淮海惟扬州，国士无双秦少游。"何谓国士？具有强烈的忧患意识，并有出众的经世之才，这样的人才配称国士。（史记《淮阴侯列传》云："诸将易得耳，至如信者，国士无双。"）秦深谙兵法，他的理想是做一个器识与学术兼备的真儒。他有经世之学，对国计民生颇多卓见。南宋诗人杨万里《过高邮》："一州斗大君休笑，国士秦郎此故乡。"

其文长于议论，《宋史》评为"文丽而思深"，文采风流与经世之学相得益彰。

其诗长于抒情，敖陶孙《诗评》："秦少游如时女游春，终伤婉弱。"

《春日》："一夕轻雷落万丝，霁光浮瓦碧参差。有情芍药含春泪，无力蔷薇卧晓枝。"有唐音的风神情韵。

《秋日》："霜落邗沟积水清，寒星无数傍船明。菰蒲深处疑无地，忽有人家笑语声。"诗中有画，宛如水墨丹青。

他是北宋后期著名婉约派词人，其词初亦颇受柳永影响。留下的四百多首诗词中约四分之一为"爱情诗词，其中主人公大多数是青楼歌女。苏轼虽于四学士中最善少游，也曾戏云："山抹微云秦学士，露华倒影柳屯田。"

《满庭芳》《鹊桥仙》等词奠定了他"婉约正宗"的地位。

秦观词五首：

满庭芳

山抹微云，天连衰草，画角声断谯门。暂停征棹，聊共引离尊。多少蓬莱旧事，空回首，烟霭纷纷。斜阳外，寒鸦万点，流水绕孤村。　　销魂当此际，香囊暗解，罗带轻分。谩赢得，青楼薄幸名存。此去何时见也，襟袖上，空惹啼痕。伤情处，高城望断，灯火已黄昏。

写与所爱女子惜别之情，是秦观最杰出的词作之一。宋代胡仔《苕溪渔隐丛话》载："其词极为东坡所称道，取其首句，呼之为'山抹微云'君。"

元祐年间，秦观常参与公卿名流文酒期会，尤其元祐七年的赐宴最为盛大。后来被贬离京，重游其地，感慨良深。下面这首《望海潮》是他感旧伤今之作。金谷园、铜锣巷等皆为虚指。

望海潮·洛阳怀古

梅英疏淡，冰澌溶泄，东风暗换年华。金谷俊游，铜驼巷陌，新晴细履平沙。长记误随车。正絮翻蝶舞，芳思交加。柳下桃蹊，乱分春色到人家。　　西园夜饮鸣笳。有华灯碍月，飞盖妨花。兰苑未空，行人渐老，重来是事堪嗟！烟暝酒旗斜。但倚楼极目，时见栖鸦。无奈归心，暗随流水到天涯。

"柳下桃蹊，乱分春色到人家"两句，着一"乱"字形容春色无处不在，设想妙绝。清陈廷焯《白雨斋词话》赞其："思路幽绝，其妙令人不能思议。"

鹊桥仙

纤云弄巧，飞星传恨，银汉迢迢暗度。金风玉露一相逢，便胜却人间无数。　　柔情似水，佳期如梦，忍顾鹊桥归路！两情若是久长时，又岂在朝朝暮暮？

写牛郎织女不落俗套。最后两句便是新的意境，用来歌颂真挚不移的感情。

后期主要抒发仕途失意的哀怨。文字工巧精细，音律谐美，情韵兼胜，词誉甚高。

秦观中举恰恰是在神宗去世的那一年。命运决定了他的一生，只辉煌了短短的几年。这几年中由苏轼引荐为太学博士，曾任秘书省正字、国史院编修官。哲宗亲政以后，就被章惇作为苏轼一党之人贬到湖南郴州。词格遂由温婉而入凄咽。

初到异乡的少游作了一首《踏莎行》，其中有"雾失楼台，月迷津渡"等名句。

踏莎行·郴州旅社

雾失楼台，月迷津渡。桃源望断无寻处。可堪孤馆闭春寒，杜鹃声里斜阳暮。　　驿寄梅花，鱼传尺素。砌成此恨无重数。郴江幸自绕郴山，为谁流下潇湘去？

前面三句，反映作者凄迷的情绪。因为雾大，连桃花源都找不到。

王国维：《人间词话》："少游词境，最为凄婉。至'可堪孤馆闭春寒，杜鹃声里斜阳暮'，则变为凄厉矣。"

"郴江"两句：郴江自己就想绕着郴山转，无奈逃不过自然的规律，不得不流向潇湘。自己本想好好报效朝廷，如今却也如郴江，放逐远方。

还没来得及喘口气呢，就又接到诏书流放广西横州。

1100年大赦，放还时途经广西藤州。藤州太守请他讲学，请他喝酒。酒酣之际，他即兴吟诵从前纪梦所作《好事近》，竟猝死。

好事近·梦中作

春路雨添花，花动一山春色。行到小溪深处，有黄鹂千百。　　飞云当面化龙蛇，天矫转空碧。醉卧古藤阴下，了不知南北。

卧于古"藤"树下而死于"藤"州，人说"此词其谶乎"？

秦观逝世后，与他一生亦师亦友的苏轼将《踏莎行》中最后两句"郴江幸自绕郴山，为谁流下潇湘去"写在折扇上，在后面题跋道："少游已矣，虽万人何赎！"米芾见了折扇很有感慨，便将秦的词、苏的跋语写成一幅帖子。后来郴州人将这三位名家的作品刻在了一块石碑上。

（二）多面词人贺铸

【贺铸】（1063—1120），字方回，人称贺梅子，原籍山阴。出身高贵，是宋太祖贺皇后族孙，自称是盛唐宰相贺知章后裔。贺知章晚年居绍兴镜湖，贺铸因自号庆湖遗老（庆湖即镜湖）。元祐中，曾任泗州、太平州通判。性格豪爽，早年曾任武职，后转文官。身材高大，据说长相奇丑。晚年退居苏州。今传《东山词》。

贺铸词三首：

鹧鸪天·半死桐

重过阊门万事非，同来何事不同归？梧桐半死清霜后，头白鸳鸯失伴飞。　　原上草，露初晞，旧栖新垅两依依。空床卧听南窗雨，谁复挑灯夜补衣？

是一首著名的悼亡词。与皇室族裔的夫人琴棋和谐，感情甚好。

青玉案

凌波不过横塘路，但目送，芳尘去。锦瑟华年谁与度？月台花榭，琐窗朱户，只有春知处。　　碧云冉冉蘅皋暮，彩笔新题断肠句。试问闲愁都几许？一川烟草，满城风絮，梅子黄时雨。

寓居苏州时所作。写梅雨时节幽居生活里的闲愁。因最后三句，贺铸得"贺梅子"雅号。

每个人都会有"闲愁"，情深不断，相思难寄。正如那梅子黄时雨。说不清，道不明，却贴切。

六州歌头

少年侠气，交结五都雄。肝胆洞，毛发耸。立谈中，死生同。一诺千金重。推翘勇，矜豪纵，轻盖拥，联飞鞚，斗城东。轰饮酒垆，春色浮寒瓮，吸海垂虹。闲呼鹰嗾犬，白羽摘雕弓，狡穴俄空。乐匆匆。　　　　似黄粱梦，辞丹凤；明月共，漾孤蓬。官冗从，怀倥偬；落尘笼，簿书丛。鹖弁如云众，供粗用，忽奇功。笳鼓动，渔阳弄，思悲翁。不请长缨，系取天骄种，剑吼西风。恨登山临水，手寄七弦桐，目送归鸿。

前段写少年时期交结豪侠，重然诺，轻生死，意气飞扬，使酒任性，以骑射为乐，生活豪迈不羁。后段写当年的欢乐和豪情一去不返，仕途失意，担任卑微的武职，忙于庸俗、琐屑的工作，壮志凌云却请缨无路。通篇音调激昂，词情慷慨。（胡云翼）

（三）集大成者周邦彦

【周邦彦】（1059—1121），字美成，自号清真居士，钱塘（杭州）人。

神宗时献《汴都赋》万余言，赞扬新法，得到皇帝赏识，擢为太子正。后来长期浮沉于州县间担任官职。他诗词文赋，无所不善，精通音律，能自度曲，徽宗时为徽猷阁待制，提举大晟府（管理音乐的机构），曾创作不少新词调。作品多写闺情、羁旅，也有咏物之作。其词格律严谨，语言曲丽精雅，长调尤善铺叙，为后来格调词人所宗。旧时词论称他为"词家之冠""词中老杜"。

王国维《人间词话》："唐五代之词，有句而无篇；南宋名家之词，有篇而无句。有篇有句，唯李后主降宋后之作，及永叔（欧阳修）、子瞻（苏轼）、少游（秦观）、美成（周邦彦）、稼轩（辛弃疾）数人而已。

"美成深远之致，不及欧、秦，唯言情体物，穷极工巧，故不失为第一流之作者。但恨创调之才多，创意之才少耳。"

周邦彦死前一年，方腊起义；死后六年，北宋沦亡。曾长期担任要员的周邦彦是国家衰亡的见证者。但本应十分敏感的词人却于末世沉沦在自在悠闲中。

周邦彦词五首：

兰陵王·柳

柳阴直，烟里丝丝弄碧。隋堤上、曾见几番，拂水飘绵送行色。登临望故国，谁识京华倦客？长亭路，年去岁来，应折柔条过千尺。　　闲寻旧踪迹，又酒趁哀弦，灯照离席，梨花榆火催寒食。愁一箭风快，半篙波暖，回头迢递便数驿，望人在天北。　　凄恻，恨堆积！渐别浦萦回，津堠岑寂，斜阳冉冉春无极。念月榭携手，露桥闻笛。沉思前事，似梦里，泪暗滴。

托柳起兴，伤别咏怀之作。

宋毛开《樵隐笔录》："绍兴初，都下盛行周清真《兰陵王慢》，西楼南瓦皆歌之，谓之'阳关三叠'。"

苏幕遮

燎沉香，消溽暑。鸟雀呼晴，侵晓窥檐语。叶上初阳干宿雨，水面清圆，一一风荷举。　　故乡遥，何日去？家住吴门，久作长安旅。五月渔郎相忆否？小楫轻舟，梦入芙蓉浦。

周词向以"富艳精工"著称。这首词前段描绘雨后风荷的神态，后段写小楫轻舟的归梦，清新淡雅，别具一格。

六丑·蔷薇谢后作

正单衣试酒，怅客里、光阴虚掷。愿春暂留，春归如过翼，一去无迹。为问花何在？夜来风雨，葬楚宫倾国。钗钿堕处遗香泽，乱点桃蹊，轻翻柳陌。多情为谁追惜？但蜂媒蝶使，时叩窗槅。　　东园岑寂，渐蒙胧暗碧。静绕珍丛底，成叹息。长条故惹行客，似牵衣待话，别情无极。残英小，强簪巾帻。（帻音责）终不似一朵，钗头颤袅，向人欹侧。漂流处，莫趁潮汐。恐断红，尚有相思字，何由见得？

借落花自况，是伤春，也是自怜自伤。清黄苏《蓼园词选》点评："是花是己，比兴无端。指与物化，奇清四溢，不可方物。人巧极而天工生矣。"

下面一首《满庭芳》作于元祐八年溧水县令任上。时已年近四十，辗转于州县小官，郁郁不得志。

满庭芳·夏日溧水无想山作

风老莺雏，雨肥梅子，午阴嘉树清圆。地卑山近，衣润费炉烟。人静乌鸢自乐，小桥外、新绿溅溅。凭阑久，黄芦苦竹，拟泛九江船。　　　　年年，如社燕，漂流瀚海，来寄修椽。且莫思身外，长近尊前。憔悴江南倦客，不堪听、急管繁弦。歌筵畔，先安簟枕，容我醉时眠。

空对美景，辜负年华。

"风老莺雏"：杜牧诗句："风蒲燕雏老"。"雨肥梅子"：杜甫："红绽雨肥梅"。"黄芦苦竹"二句：白居易："住近溢江地低湿，黄芦苦竹绕宅生。"

西河·金陵怀古

佳丽地，南朝盛事谁记？山围故国绕清江，髻鬟对起。怒涛寂寞打孤城，风樯遥度天际。　　　　断崖树，犹倒倚，莫愁艇子曾系。空余旧迹，郁苍苍，雾沉半垒。夜深月过女墙来，伤心东望淮水。（伤心一作赏心）　　　　酒旗戏鼓甚处市？想依稀、王谢邻里。燕子不知何世，入寻常、巷陌人家。相对如说兴亡，斜阳里。

怀古咏史名作。借访金陵旧地，抒发兴亡之叹、今昔之慨。全词化用刘禹锡的两首诗。其一，《石头城》："山围故国周遭在，潮打孤城寂寞回。淮水东边旧时月，夜深还过女墙来。"其二，《乌衣巷》："朱雀桥边野草花，乌衣巷口夕阳斜。旧时王谢堂前燕，飞入寻常百姓家。"张炎《词源》里说："清真最长处，在善融化诗句，如自己出。"

第七章 败国的赵佶和逃跑的赵构

徽宗 和 高宗
1100~1160　　　李清照、岳飞

1100	1105	1110	1115	1120

宋　　　徽　　　宗　　　赵　　　佶

元祐党争
蔡京为相　　　　鍥碑　　　　　　　　　　　　海上盟

李清照　　　　　　　青州
1084~1155
贺铸
1063~1120
周邦彦
1059~1121

1120	1125	1130	1135	1140

宋 灭亡　　　钦宗 赵宗　　　南　宋　高　宗 赵　构
　　　　　靖康取　　杭州　和尚原　仙人关大捷　刘豫废　秦桧为相
　　　　　　　元术南侵　大捷　　　　　　　　　　天眷和议

岳飞
1103~1142　　宗泽手下　　　　　　　收复襄阳　《满江红》　打郾
李清照　　　　　　江宁　明诚卒　　再嫁　　离　"登黄鹤楼"　朱仙镇
张元干　明诚纳妾　　　　　　　　　　　　　　　　　写贺新郎
1091~1161　　追随李纲　　　　　　　　　　　　　　　李伯纪
　　　　陆游 1125~1210
　　　　　　　　　　张孝祥 1132~1169

1140	1145	1150	1155	1160

南宋　　　高　　　宗　　　赵　　　构
杀岳飞　　　　　　　　　　　　完颜亮　秦桧死
李清照　绍兴和议　　　　　　　　　近都　卒
张元干　　　　　《声声慢》
贺新郎　　　罢居　　　　　　　　　　　　　　卒
陆游　　　　　　　　　　　　　　锁厅放试　　入闽
张孝祥　　　　　　　　　　　　　状元
辛弃疾　　　　　　　　　　　　　虞池同榜
1140~1207

作者手绘人物事件轴

116

第七章　败国的赵佶和逃跑的赵构

（一）败国的宋徽宗赵佶

哲宗早逝无子，继位的徽宗赵佶（1100—1126在位）是他的异母弟弟。

神宗的向皇后担当选择继位人的重任。她自己没有儿子。几个皇子中，比较好的有一个和哲宗同母，但向皇后不愿这位母妃有两个皇帝儿子会因此权威太大。赵佶是个文艺青年（当时18岁），气质举止较能入中年女性法眼，乃被选中。当时的宰相章惇表示反对，结果落了个发配岭南的结局。

赵佶自幼爱好笔墨、丹青，水平极高，吹弹笙歌、作诗填词也有两下；骑马、射箭、蹴鞠等方面无所不精；对奇花异石、飞禽走兽有浓厚兴趣。后世评他"诸事皆能，独不能为君耳"。近代人说他是个充满个人魅力的亡国之君。

即位之初，实行大赦，由向太后听政。苏轼等人被召回。

不久亲政。刚上位，认真了两天。他试图结束他父兄时的党争局面，联合元丰、元祐党人，建立"联合政府"，任命韩忠彦为左相，曾布为右相。曾布是一个狡猾的投机家，在两派反复斗争中一直看风使舵。后因两派难以调和，曾布同韩忠彦又发生权力争夺，就又鼓励徽宗打击守旧派，把蔡京召入朝中，企图加强自己的势力。

【蔡京】（1047—1126），福建莆阳望族，神宗熙宁三年（1070）进士。他有才华，有能力，却是一个大奸大贪之人。从神宗时起，就一直在跟风。当朝争议，褒贬不一。（元朝人所编史书，把他列入《奸臣传》）这时他正被一群谏官弹劾，免职闲居杭州呢。徽宗命宦官童贯到江浙搜寻珍奇古玩，他二人在杭州相遇。蔡京帮他搜集书画极品，附有蔡的鉴赏与品评，还有他自己的书法作品（蔡京实际上是"苏黄米蔡"中之蔡），运至京城。徽宗惊喜之余，乃将蔡京召回，于1102年罢免韩、曾二人，拜蔡京为相。

蔡京善于在各个方面投徽宗之所好，徽宗在位25年中，他居相位20年。其间四起四落，数次被贬谪，不久又复相。最后一次被召回时，已经78岁。钦宗即位，立即将他贬谪岭南儋州，途中死于长沙。

蔡京上位之初，便以恢复新法为名，实则排除异己，立"元祐党籍"：将原来的"旧党"加上反对他的人共120人（以后一再扩大至全国，共309人）列为"元祐奸党"，由徽宗书写姓名，刻石于皇宫的端礼门，称为"党人碑"。包括已死的司马光、苏轼，还包括李清照的父亲李格非。禁止"元祐党人"逗留京师；限制他们的子孙从政。——这是重启党争，破坏法度的行为。至1106年，随着蔡京的第一次罢相，徽宗毁碑，大赦天下。

任用奸佞，败国败军。宋徽宗最信任的蔡京、王黼、朱勔、童贯、梁师成和李邦彦（后三人为宦官），人称**六贼**。他们结党营私，贪赃枉法，荒淫无度，排除异己，滥用职权，以鱼肉百姓为乐，将国家弄得乌烟瘴气，百姓涂炭。

蔡京被罢相期间，上位的王黼、朱勔，更加荒唐，甚至领着皇帝翻墙出去找李师师。

他们千方百计引导皇帝往奢侈荒淫的道路上走。宋徽宗爱好奇石园艺，六贼便在民间搜罗奇花异石。为了从江南往汴京运一块巨大的太湖石，运载的巨舰所经州县，遇水门拆水门，遇桥梁拆桥梁，甚至连城墙都敢凿开（《水浒传》里所说的"花石纲"）。建造的宫殿花园、亭台楼榭工程（即艮岳，后毁于战火。金世宗将这些大石头运到现在的北京，建成北海"琼岛春阴"），极其奢侈华丽。这些导致了江南的方腊起义和金国入侵。

兵权竟由宦官童贯掌控20年之久。

宋时设枢密使掌军权。当时枢密使是童贯。他在最初就看准了蔡京。提携了蔡京，二人勾结，童贯一本万利。蔡为相，将他派往西北，那里有范仲淹韩琦建立的西北军，又是产马基地。从此他手握重兵。

而统帅却是高俅。这个人居然还不够坏，没有列入"六贼"。他把禁军当成了他的打工仔。

这两个人控制下的军队是毫无战斗力。御敌无方，扰民有术。

违背组制，实行手诏。宋朝祖制："君虽以制命为职，然必谋之大臣，参之给舍，使之熟议，以求公议之所在，然后扬于王廷，明出命令而公行之。"君主诏命出台程序非常繁复，而从专任蔡京开始，为了避免他们的决策在走程序时被否决，大兴"手诏"，即以皇帝手诏的方式直接下达命令。而且规定手诏不容反驳、滞留，违者有刑。这一做法破坏了旧章法，导致严重后果。

（二）北方的形势

北方是由契丹人建立的辽国。1004年宋辽澶渊之盟以后，两国息兵一百一十多年。辽国幅员万里（《辽史》），且占有燕云十六州这片有着悠久历史的文明之地。它将游牧民族和农耕民族分开统治；创造了契丹文字，保存了自己的文化，同时也吸收外来文化；使得辽国在政治、军事、经济、文化各个方面都得到扎扎实实的发展。

其军事力量与影响力涵盖了整个西域地区，一些国家以"契丹"作为"中国"的称谓，如俄语。

从留存的让人叹为观止的辽代建筑，也可以看出辽国文化经济与营造技术的水平：

应县木塔；蓟县独乐寺观音阁；大同城内的严华寺、善化寺……均雄伟又精致，可以想见那个时代的辉煌。

辽国的衰落从十一世纪中期内乱开始。到十二世纪初，天祚帝耶律延禧在位。他不修朝政，对所辖各部落索要无度，欺侮压榨，掠夺妇女。这是1114年，女真部落正好出了个能人完颜阿骨打，统一了女真各部，率领族人起来反抗。并于次年建金国。

一百多年的太平，也使原来强悍的契丹民族兵力减弱，难以面对强悍的女真人的进攻。阿骨打率领的军队接连打败辽兵，于1116年攻下了辽的东都辽阳府（为了便于统治，辽国共设包括南京幽州、西京大同在内的五个都城）。此时辽的内部又爆发了人民反抗斗争，已经气息奄奄朝不保夕了。

（三）引狼入室

这时大宋朝做了什么呢？

时为1118年。王黼建言徽宗，说联金灭辽是收复燕云十六州的好机会。宋朝先帝有遗诏：收复燕云十六州者可封王（王黼想封王啊）。多数大臣都反对，认为"契丹，与国（友邦）也；女真，强敌也"。一旦女真灭辽得逞，势必"席破燕之威，长驱而南"。到时候，"王师克与不克，皆未见其可"。是啊！女真是白山黑水中的一个游牧部落，从原始社会过来不久。它还不知道燕云十六州在哪儿呢！但这些意见，徽宗并未听取。他太不希望错过这个收复故土的"绝佳"时机了。他一再遣使经海路（从山东半岛到辽东半岛）前往金国谈判，"不赍（音记）诏书，唯付以御笔""外庭莫知其端"，跟金国怎么谈，朝廷居然不知道。1120年，宋金订立**"海上盟约"**，约定双方按不同线路进攻，灭辽以后，长城以南归宋管辖，宋则给金岁币。

双方都在调兵。金的攻势猛烈，几乎占领了辽国大部地区。而这时大宋南方人民不堪种种盘剥，发动了方腊起义，徽宗立即将刚刚调集的兵力前去镇压，以致未能如约出兵燕云。后来派童贯、蔡攸（蔡京之子）进攻，面对辽国的残余势力，宋军居然两次大败。

这时，辽天祚帝已经逃得不知去向。十六州守军一看宋军打来，十分恼火。一万人把十五万宋军打得几乎全军覆没。辽军怕遭宋金夹攻，派使臣说别打了，你不能帮着金，它是反叛。童贯把他轰出去了。辽使臣大哭："尔能欺国不能欺天！"

童贯二次进攻又失败。童贯派人去见金太祖阿骨打，许以重金，请金兵进攻燕京。金国打下之后，把一切抢走，留下一座空城。童贯"大捷"啊！还真封了王。徽宗也飘飘然沉醉在"复燕云"的祝贺声中。

这是1122年12月。辽的燕京小朝廷覆灭。不久天祚帝被俘，辽亡。

金国这时也看透了宋朝的腐败和无能。等灭了辽国，便找个借口南下灭宋。

（四）靖康之变

联金灭辽，此举非常不明智。应念及百年之好，救邻居才是。辽已汉化，颇知礼仪，赞赏汉文明，愿世为汉人。而女真刚悍善战，辽都打不过，你拿什么打人家呢？二弱联合对抗强的，才是正理。

既与金盟（海上之盟），又屡屡背盟，为金人南下制造借口：

一再招降纳叛。金遣使问罪，就送回去。

密诏辽天祚帝："若来中国，当以皇兄之礼相待……"辽覆没后此密诏为金所获，金找到借口，兵逼汴梁。（拿国事如此开玩笑，令人啼笑皆非）。

1125年，金人兵分两路大举向宋朝进攻。而朝廷却未做丝毫准备。

徽宗不想做亡国之君，匆忙传位给太子赵桓（音还），即钦宗。自己带着一些亲信南逃。朝廷官员、各处守军均望风而逃。

当金兵逼近汴京时，钦宗和宰相也准备逃。这时一个地位不高的官员李纲挺身而出，成为了汴梁军民抗金斗争的中流砥柱。

【李纲】（1083—1140）字伯纪，江苏无锡人。徽宗1112年进士。

李纲力劝钦宗留在了京城坐镇，全权指挥京城守卫部署。迫于朝野议论，钦宗治了"六贼"的罪，以平息民愤。除蔡京外，五人皆处死。蔡京流放海南。途中百姓咬牙切齿，不卖食物给他，半道上就死了。

金人兵临汴京城下，李纲将城中兵力重新布防，亲率将士，击退攻城的金兵，等待各路勤王军队到来。这时城外各路宋军集结，号称二十万。城中军民士气大振，同仇敌忾。

李纲认为金人贪得无厌，战斗力强。宋军应该坚壁固守，等到金人食尽力疲时，再出兵收复失地。"纵其北归，半渡而击之。"很明显，这是必胜之道。但是钦宗却一心想用二十万大军速战速决，执意命各路军队出战，偷袭金营。失败后主和派却把责任推到李纲等主战派身上，罢了李纲的官。

太学生陈东叫来上百名同学扶阙上书，军民闻风而来者达十多万人，形成了一场大规模的抗议活动。（不仅有兵有将，还有民心。何来积贫积弱？）

钦宗不得已召回李纲官复原职，才平息众怒。但李纲却因此引起皇帝忌惮。

李纲复出，整军备战，痛击金兵。金兵乃退。

钦宗立即下手，颁布命令：再有群众抗议，直接处死。李纲被派往河北、河东解围。实际上既无兵又无钱。却以战败为由，将他贬到南方。

金将见一时难以攻下汴梁，就放出和议空气。提出的条件极为苛刻，钦宗不顾一切，全盘答应。

腐败的宋廷又恢复了"文恬武嬉"的故态，徽宗也回到汴京继续享乐。李纲则被一贬再贬，他为朝廷筹划的抗金之策被全盘否定，他所征调的军队也被罢去一半。

金兵再次兵临汴京城下时，哪还有勤王之兵？

【宗泽】（1060—1128）字汝霖，浙江义乌人，元祐六年（1091）年进士。

靖康元年，年近七旬的宗泽出任磁州（在今河北省南端）知州。他招募义勇，发动民众修缮城墙，制造兵器。磁州一带抗金形势大好。宗泽为此上书："邢、洺、磁、赵、相五州，各蓄精兵二万，敌攻一郡，则四郡皆应。是一郡之兵，常有十万人也。"宗泽以此兵力孤军作战，向汴梁进军，一路上和金军遭遇，全部获胜。

　　而这时钦宗递了降书。靖康二年（1127），金人攻破汴梁，将宝物洗劫一空，纵火焚城，立了张邦昌为伪楚皇帝，然后将徽钦二帝和徽宗的除赵构以外的众多皇子和公主，连同所有宗室、朝官，一共三千多人，加上工匠手艺人，一万多人的队伍，俘虏而去。宗泽得知这一消息，立即率领大军抄近路赶到大名，想联合各军过河堵住金兵的归路，将二帝抢回来。可是他到达时各路军竟无一支前来勤王，宗泽只好望河兴叹。

　　此即**"靖康之变"**。北宋至此灭亡。

　　北宋俘虏到了北方苦寒之地"男十存四，女十存七"。无数人惨遭蹂躏侮辱，倒毙路旁。徽宗在上京活了九年。据说写了不少诗词，但绝大部分没有留下。1141年宋金绍兴和议，归还二帝遗体。南宋亡后，宋陵被刨，徽宗陵中并无尸体。应是压根儿就没留下遗体。

　　赵佶（宋徽宗）诗词三首：

燕山亭·北行见杏花
（燕山亭亦作宴山亭）

　　裁翦冰绡，轻叠数重，冷淡胭脂匀注。新样靓妆，艳溢香融，羞煞蕊珠宫女。（靓，此处音静）易得凋零，更多少、无情风雨。愁苦，问院落凄凉，几番春暮。　　凭寄离恨重重，者双燕，何曾会人言语。天遥地远，万水千山，知他故宫何处。怎不思量，除梦里、有时曾去。无据，和梦也、新来不做。

拣往北国途中见杏花，托物以遣悲怀。词义凄凉沉痛，正所谓"亡国之音哀以思"。

眼儿媚

玉京曾忆昔繁华，万里帝王家。琼林玉殿，朝喧弦管，暮列笙琶。　　花城人去今萧索，春梦绕胡沙。家山何处？忍听羌笛，吹彻梅花。

追忆昔日汴京盛况。而今身处沙尘荒漠中，一切都只能在梦中出现。

在北题壁（七绝）

彻夜西风撼破扉，萧条孤馆一灯微。
家山回首三千里，目断天南无雁飞。

（五）康王赵构

赵构为徽宗第九子。母亲原来是宫女，没有地位。史书上说赵构年轻时"资性朗悟，博学强记，读书日诵千余言，挽弓至一百五斗"。文武双全呢！当时金军南下，议和条件中金银财物凑不齐的话，以人抵。亲王并作人质。赵构十九岁，和宰相张邦昌一起作了人质。二人留在金宫中旬日，赵构"意气闲暇"。金王子与之比箭，居然不输。不信他真的是赵家亲王，退回去换了肃王。

赵构回来，被晋太傅，加节度使，成了皇族的一颗新星。后来又一次和刑部尚书王云一起被派往金营议和，王云暗中勾结金人准备挟持赵构去做人质。行至磁州，被知州宗泽拦住，不让他去送死。他离开磁州，不知何往，相州（即今安阳）汪伯彦来迎他。汴京陷落时他在相州，因之幸免被掳北去。

金国自己都没想到宋这么快灭亡。他没有统治中原地区的经验，想建立一个傀儡政权。金誓"废除赵氏，另立新君"（恨死姓赵的了）。秦桧带头反对，金人把他抓了起来，金宗室完颜康收留了他（这一切都像是在演一出戏）。后来挑选了曾和赵构一起为人质的张邦昌，册立为大楚皇帝。金国宣称他要是不当，就把全城百姓都杀光。张邦昌只好上任。已立大楚皇帝，金军就撤走了。但是京内朝官都对他施加压力，要他归政与赵氏。张邦昌只当了三十三天皇帝，便请出哲宗废后孟氏垂帘听政。

21岁的赵构，从孟太后（即哲宗废后。辛弃疾《菩萨蛮》"郁孤台下清江水"写的是她，后被金兵追杀至江西）派出的使者手中接过玉玺。为了表示正统，赵构选择在太祖龙兴之地南京应天府（今河南商丘）登基，改元建炎，是为高宗。

小朝廷建立起来以后，赵构就迫不及待地派人去金国求和，表示愿与金国以黄河为界，把一些尚在宋朝手中的土地送给金国。

赵构的亲信黄潜善、汪伯彦等人也都是主和派。只是他们的威望都不高。为了树立威望，赵构即位后起用李纲为相。李纲又向高宗推荐宗泽驻守开封府。二人一个在朝，一个在汴，艰难地支撑着抗金大局。

李纲认为当务之急是防御金人再次南侵。他的抵抗立场在朝中与主和派势不两立，与皇帝也渐行渐远，最后被罢相。黄、汪等人接连上书弹劾，直到把李纲贬到了海南岛。李纲在宰相任上一共只有七十五天。

太学生陈东再次上书。赵构这次破了太祖不杀建言者铁令："高宗建炎元年，斩太学生陈东、进士欧阳澈于都市。"（《续通鉴》）

宗泽这时担任开封府尹，靠组织"义勇"（民间力量）来对抗金国大军，据说云集了180万之众，拖住了金军南下的步伐。名将岳飞就是他提拔起来的。当时中原形势一片大好，宗泽上了24道乞回銮疏，请皇帝回汴京；还着手作渡过黄河收复失地的准备。

宋朝皇帝最担心武将造反，高宗对拥有大军的宗泽不放心，对他日趋冷淡。70岁的宗泽悲愤交加，积忧成疾，疽发而死。死后中原大好形势全面崩溃。

高宗寒了中原志士的心。听到金人消息，就是逃跑，因之得**"逃跑皇帝"**之名。

先是从商丘逃到扬州，享受起来。金帝见他坐稳皇位，非常生气，誓言"**搜山捡海捉赵构**"。赵构跑到杭州。金军继续南下，金大将完颜宗弼（即金兀术）率五千轻骑纵横长江南北，如入无人之境。赵构一路逃去，越州、宁州、台州，最后入海。

逃跑路上一再向金上疏求饶，哀哀相告，说自己从北方逃到南方，"所行益穷，所投益狭"，哀求"见哀而赦己"，给自己一条生路。真是无耻至极。

高宗在海上漂流了几个月。兀术所带北方兵将不善水上作战，悻悻然退回去了。

（六）形势扭转

【韩五破金】

兀术没抓到赵构，率领十万大军，和沿途抢掠来的财物，准备还朝。兵至镇江，欲渡长江。在这儿他遇到了韩世忠。

韩世忠与岳飞、刘光世、张俊并称中兴四将。这时正守镇江，有守军八千。他料到金军会在这里渡江，埋伏了三百士兵杀上来。兀术败退。第二天出兵要决一死战。金军都是北方人，不善水战。韩世忠用的是艨艟（音蒙充）巨舰，金军只有临时抓来的一些小船。大战中还有韩妾梁氏（小说戏曲中的梁红玉是也）在城楼上指挥，擂鼓助战。金兵落水淹死无数，兀术大败。次日，兀术向韩将军服软："请放我一条生路，你提条件。"韩世忠说了一句掷地有声的话："复我疆土，还我两宫，放尔一条生路。"

兀术队伍被困黄天荡四十余日，无奈张榜问计，有奸细献计说挖开一条已堙塞的河道可进入秦淮河。韩紧追不舍，又有人献计（汉奸该杀）小船连成大船、用带火的箭射大船船帆等等，使得金军逃走，宋军功亏一篑。

但是形势终于发生逆转。兀术回去后痛哭流涕。从此金军不敢过长江，"慎谈对宋用兵"。南宋能坚持一百多年偏安形势，黄天荡一役有决定作用。

赵构（高宗）回到杭州，改称**临安**，立稳脚跟，南宋这时才真正开始。

【吴玠守蜀】

1130年，金军转向西面，欲由陕入川。领军的是金宗室百战名将完颜娄室。宋朝主持军务的张浚，是进士出身。金军在川陕全无河海障碍。富平一战，宋军惨败，金人直逼四川。守蜀的责任落在吴玠身上。

吴玠文武双全，年轻时曾投西北军，宋史说他："少沉毅，有志节，知兵善骑射，读书能通大义。"富平之战失败后，吴玠领军经**和尚原之战、饶风关之战、仙人关之战**，大败金军。金军原本准备进蜀安家的，老婆孩子都带来了，这时无奈只好在陕西开荒种地，始终未能进入蜀地。吴玠保住了半壁江山，金再无机会。

吴玠47岁逝，弟吴璘继承职位，驻守四川将近三十年。

于是金将重点放在中原。中原大战是岳飞表演的舞台。第九章再讲。

我们的女词人李清照就生活在这个动乱的时代。

第八章 旷世才女——李清照

第八章　旷世才女——李清照

【李清照】（1084—1155），号易安居士，山东章丘人。名字来源于王维的"明月松间照，清泉石上流"。

（一）书香才女

李清照的父亲叫李格非，是苏门后四学士之一。母亲（继母？）是欧阳修的连襟王拱辰的孙女。王拱辰是欧阳修同科的状元。所以李清照和欧阳修有那么一点亲戚关系。"拱辰孙女亦善文"（《宋史·李格非传》）。

李清照出生时，苏轼已经在黄州待了四年，正要被召回。再过一年，神宗皇帝就驾崩了。赶上"元祐更化"，李格非在汴梁担任太学正（学官与太学教授），把家眷带到任上。李清照于是就住在汴梁，在一个非常开化的家庭中长大，从小饱览家中丰富的藏书，便也学着写些文章诗词。

15岁那年发生了一件事。

唐朝"安史之乱"时，大将军郭子仪，在平叛中起了很大作用。有一个文学家元结，作了一篇《大唐中兴颂》，并请颜真卿书写，刻于石崖之上。此即著名的"浯溪摩崖石刻"。当代张文潜（张耒[音磊]，苏门四学士之一）据此写了两首长诗《浯溪中兴颂》，清照父亲带回家给她看了。她读完后萌生了不同看法，便和了两首，其中有这样的句子："何为出战辄披靡，传置荔枝多马死""不知负国有奸雄，但说成功尊国老"等句。为什么只是歌颂唐朝的中兴，而没有看到它淫逸腐化的一面呢？她父亲把她的两首诗传了出去，轰动了汴京：才十五岁的一个女孩，竟有如此见解！后来她填的词也传了出去，很多词人看后都说："我等男人也写不出如此佳句。"她在汴京便有了才女之名。

因为有这样不同凡响的素质，所以她从来不是一个娇小姐或小家碧玉，而是一个健康开朗、见多识广、活泼可爱的大家闺秀。在她的心目中，生活处处充满了斑斓色彩、勃勃生机。

如梦令

常记溪亭日暮，沉醉不知归路。兴尽晚回舟，误入藕花深处。争渡，争渡，惊起一滩鸥鹭！

写出一群少女的好心情。不事雕琢，富有自然之美。

渔家傲

雪里已知春信至，寒梅点缀琼枝腻。香脸半开娇旖旎，当庭际，玉人浴出新妆洗。　　造化可能偏有意，故教明月玲珑地。共赏金尊沈绿蚁，莫辞醉，此花不与群花比。

绿蚁：酒之美者。

不与群芳争艳，是少年李清照卓然独立的个性。

如梦令

昨夜雨疏风骤，浓睡不消残酒。试问卷帘人，却道海棠依旧。知否知否，应是绿肥红瘦。

唐孟浩然："春眠不觉晓，处处闻啼鸟。夜来风雨声，花落知多少。"韩偓："昨夜三更雨，临明一阵寒。海棠花在否？侧卧卷帘看。"李化用之，却写活了。

宋陈郁："绿肥红瘦之句，天下称之。"

那天家里来了个年轻人（可能是赵明诚来提亲），李清照正在院里荡完秋千，香汗淋漓。"见客入来"，鞋都来不及穿就溜了。

点绛唇

蹴罢秋千，起来慵整纤纤手。露浓花瘦，薄汗轻衣透。　　见客入来，袜划金钗溜。和羞走，倚门回首，却把青梅嗅。

最后一句最为有趣。既已"和羞走"，又要借"嗅青梅"来掩饰自己，偷偷地看他一眼。把少女的心理状态描写得活灵活现。青梅：李白诗"郎骑竹马来，绕床弄青梅"。

（二）喜结良缘

1102年，18岁的才女李清照和太学生赵明诚结婚了。

赵明诚的父亲赵挺之，山东青州人，是新党。时任吏部侍郎（国家人事部副部长），从三品。他精明干练，升迁较快。在新党得势时受到重用，旧党上台也能游刃有余，说明他有一定的政治手腕。赵明诚喜好金石字画，年纪轻轻便有了"汴京第一金石学家"美名，深得身为太学正的李格非喜爱。

这时正是宋徽宗搞两党调和之时，否则新旧两党斗得不可开交，联姻似无可能。

婚后，两个文青过起了只羡鸳鸯不羡仙的生活。她的《丑奴儿》生动描绘了新婚小儿女的闺房之乐。下面两首词里这些娇嗔的话，以前似乎都是男人写出来的。

丑奴儿

晚来一阵风兼雨，洗尽炎光。理罢笙簧，却对菱花淡淡妆。　　绛绡缕薄冰肌莹，雪腻酥香。笑语檀郎，今夜纱橱枕簟凉。

檀郎：指美男，代指夫君或情郎。西晋著名美男子潘安小名檀奴。簟：音店，竹席。

减字木兰花

卖花担上，买得一支春欲放。泪染轻匀，犹带彤霞晓露痕。　　怕郎猜道，奴面不如花面好。云鬓斜簪，徒要教郎比并看。

乐而不淫，是一首独特的闺情词。

李清照很快也跟着赵明诚爱上了金石字画。当时赵还没有经济收入，父亲给的生活费也有限。他们只能从中抠出一点钱来，去大相国寺淘宝。为买一件宝贝，常常要去当衣服。

平时生活中，明诚教清照品鉴金石字画，清照教明诚作文填词。起初明诚还不服气，觉得自己也是填词的好手。有一次重阳节，清照独自在家，填了一首《醉花阴》寄给明诚。明诚读后，一心想比过她。他闭门三日，填了50首词。将清照这首掺杂其中，送给评论家陆德夫品鉴。陆仔细阅读后说，只有"莫道不消魂，帘卷西风，人比黄花瘦"这三句绝佳。明诚这才服了气。

醉花阴

薄雾浓云愁永昼，瑞脑销金兽。佳节又重阳，玉枕纱厨，半夜凉初透。　　东篱把酒黄昏后，有暗香盈袖。莫道不消魂，帘卷西风，人比黄花瘦。

重九伤别怀人之作。纱厨：防蚊的纱帐，在镂空的木隔断上糊以碧纱。黄花指菊花。

（三）灾祸降临

他们结婚不到一年，灾祸就降临了。

在蔡京怂恿下，宋徽宗重启党争。在皇帝亲自题写的"元祐党人碑"上，李格非名列其中，被摘去官帽，发配广西。赵挺之作为新党干将，则被提拔为宰相。朝廷诏令，不得与"元祐奸党"联姻；凡"奸党"文集一律不得印刷、收藏。赵明诚顶住了这些压力，他甚至偷偷地收藏了很多苏轼及其门生的诗文字画。

李清照曾两次写诗给公公请求对父亲伸出援手，都没有结果。她自己也被迫离开京城。上面一首《醉花阴》应作于此时。

到了1106年，政局又发生变化。宋徽宗又下令毁《元祐党人碑》，解除了对元祐党人的禁令，李清照回到京城，李格非也得到赦免。

赵明诚从太学毕业，被任命为鸿胪寺少卿（六品），相当于外交部礼宾司司长。有了收入，他们的生活便好了许多。

但是好景不长。身为宰相的赵挺之有一回向皇帝汇报蔡京的罪恶，恰好天上出现了彗星，在"彗星见"的天助之下得到了一次胜利。没过多久，到1107年，蔡京又起，复拜左仆射，乃大肆报复。赵最终败给了蔡，被迫辞去宰相之职。五天之后就死了。死后蔡京罗织罪名，甚至将其指为元祐党人。赵明诚兄弟也被投入监狱。后虽洗清出狱，但兄弟三人都被罢免官职，李清照便随赵明诚回赵的家乡青州闲居。

（四）青州岁月

青州十年，是李清照一生中最快乐的时光。

他们修缮了老屋，李清照将书房命名为"归来堂"。然后又取陶渊明《归去来辞》中"倚南窗以寄傲，审容膝之易安"之意，自号易安居士，远离政治，致力于金石，活出了自在天真。二人一起游历名山大川、寻常巷陌，收集各种金石字画，一起校勘、整理、编号，写入《金石录》之中。收藏之丰，藏品之精，为当时之冠。生活中也充满情趣，经常玩"赌书游戏"。李清照在《金石录后序》里追忆那段生活时说："余性偶强记，每饭罢，坐归来堂烹茶，指堆积书史，言某事在某卷第几页第几行，以中否胜负，为饮茶先后。中即举杯大笑，至茶倾覆怀中，反不得饮而起。"（纳兰性德词："赌书消得泼茶香，当时只道是寻常。"）这样的日子真是美啊！美得就想这样过一辈子。（《金石录后序》："甘心老是乡矣！"）

1117年，明诚的《金石录》编成，共三十卷，还作了自序。

1121年，蔡京失宠，被罢去官职，一大批官员被重新启用。41岁的赵明诚赴任莱州知府，李清照留在了青州，照看他俩20年的收藏心血。

赵去莱州一年，就纳了两房小妾。赵李二人没有孩子，"不孝有三，无后为大"；这么多藏品也没有人继承。似乎理由充足。这以后明诚的信越来越稀。清照独守青州，想起以往生活的点点滴滴，不禁悲从中来。

一剪梅

红藕香残玉簟秋。轻解罗裳，独上兰舟。云中谁寄锦书来？雁字回时，月满西楼。　　花自飘零水自流，一种相思，两处闲愁。此情无计可消除，才下眉头，却上心头。

今人鞠菟评说：当年的《醉花阴》中只有三句绝佳，如今《一剪梅》中则句句绝佳。琼瑶用《月满西楼》命名了她的一部小说。

最后一行激起了多少相思之人的共鸣。

凤凰台上忆吹箫

香冷金猊，被翻红浪，起来慵自梳头。任宝奁尘满，日上帘钩。生怕离怀别苦，多少事，欲说还休。新来瘦，非干病酒，不是悲秋。　　休休！这回去也，千万遍《阳关》，也则难留。念武陵人远，烟锁秦楼。惟有楼前流水，应念我，终日凝眸。凝眸处，如今又添，一段新愁。

此词牌又名《忆吹箫》。

非病酒，不悲秋，都为苦别瘦。而新瘦新愁，真如秦女楼头，声声有和鸣之奏。

猊：狻猊，狮子。金猊：狮子形铜香炉。

武陵人：汉代刘晨、阮肇入天台山，跟住在桃林中的仙女相爱，乐而忘返。"武陵人远"暗指丈夫有了新欢。

三年过去，两个小妾都没有怀孕。可能赵明诚也明白是错怪李清照了。

有一次，在他第二任淄州任上，他淘到一件宝物，兴冲冲跑回家，却无人响应。他感到失落。

最好的爱情，是灵魂上的势均力敌。

就这样，李清照暂离青州，去到淄州。

（五）覆巢之下

1127年2月，北宋灭亡。

李清照在《金石录后序》中写道："闻金寇犯京师，四顾茫然，盈箱溢箧（音窃），且恋恋，且怅怅，知其必不为己物矣。"

正在二人运筹盘算之时，明诚的母亲在江宁（江苏南京）病逝。明诚赴江宁奔丧，李清照将青州文物剔选再三之后，装了十五车，亲自将它们运到江宁。第二年，还在守制的赵明诚被任命为江宁知府。又一年，守备江宁的王亦有叛乱，赵明诚跑到城墙边缒城而下，弃城弃妻而逃。赵被撤职。李清照很为丈夫这个行为而羞耻。夫妇二人沿长江而上，当行至乌江镇时，面对当年项羽兵败自刎之处，清照吟下了这首千古绝唱：

夏日绝句

生当作人杰，死亦为鬼雄。

至今思项羽，不肯过江东。

第二年，赵又被启用为湖州知府。他在赴建康面圣途中感染疟疾去世。清照赶去见了最后一面。这时她45岁。

她孤身一人，四处逃亡躲避战火，大批书籍古董在途中不断散失、被窃。

（六）再婚又离婚

三年以后，有张汝州者"巧言惑其（清照）弱弟以骗婚"，48岁的李清照再嫁张汝州。面对明诚和她的一生心血，她希望有人帮她在乱世中分担保存的重任；孑然一身，也渴望有个伴侣。然而张汝州只是觊觎她的收藏。当他发现李清照保存的宝贝并没有他想象的那样丰富时，也颇为后悔。两人关系日渐冷淡，张甚至对李施以暴力。当李清照发现张的官职是靠欺骗得来的，便将其告发并提出离婚。按宋代法律，妻告夫，虽属实，也要受两年徒刑。李清照宁愿坐牢，也坚持去告发。她在给友人的信中说："猥以桑榆之晚景，配兹驵（zǎng）侩（经纪人）之下才。"结果二人离婚成功，张汝州被免职，发配柳州，李也被收监关押。但在各方关照下，李仅坐了九天牢便被释放回家。

（七）但愿相将过淮水

明诚刚去世，金兵即南犯。李清照带着沉重的书籍文物开始逃难。她基本上是跟随着皇帝逃亡的路线。她既无力保护这些文物，又无子女可以继承。她知道只有上交给朝廷一条路。但是她始终没能追上这位"逃跑皇帝"。

大约是在避难温州时（1133年），金人又一次南侵，皇帝又弃都再逃，她随人群避兵金华，投奔明诚的妹丈李擢。

这年，高宗忽然想起应当派人到金国去探视一下徽、钦二帝，顺便打听一下有无求和的可能。听说要入虎狼之域，一时间无人敢应命。大臣韩肖胄见状自告奋勇，愿冒险一去。李清照日夜关心国事，闻此十分激动。作了一首长诗相赠。她在序中说："有易安室者，父祖皆出韩公（仁宗时宰相韩琦，为韩肖胄曾祖）门下。今家室沦替，子姓寒微，不敢望公之车尘；又贫病，但神明未衰弱。见此大号令，不能忘言，作古、律诗各一章，以寄区区之意。"

当时她是一个贫病交加、身心交瘁、独身寡居的妇道人家，却还这样关心国事。不用说她在朝中没有地位，就是在社会上也轮不到她来议论这些事啊！但是她站了出来，大声歌颂韩肖胄此举的凛然大义。

"愿奉天地灵，愿奉宗庙威。径持紫泥诏，直入黄龙城。"

她愿以一个民间寡妇的身份临别赠几句话：

"子孙南渡今几年，飘零遂与流人伍。欲将血泪寄山河，去洒东山一抔土。"

浙江金华有因南北朝时沈约题《八咏诗》而得名的一座名

楼。易安避难于此，曾登楼遥望这残存的南国半壁江山，不禁临风感慨：

"千古风流八咏楼，江山留与后人愁。水通南国三千里，气压江城十四州。"（《题八咏楼》）

我们单看这诗的气势，哪里像一个流浪中的女子所写啊！

李清照在金华避难期间还写了一篇《打马赋》。"打马"本是当时的一种赌博游戏，她却借题发挥在文中大量引用历史上名臣良相的典故，状写金戈铁马、挥师疆场的气势，谴责宋室的无能。文末直抒自己的壮志：

"木兰横戈好女子，老矣不复志千里。但愿相将过淮水！"

她是何等地心忧天下！然而她看到什么呢？是偏安都城的虚假繁荣，是朝廷打击志士、迫害忠良的怪事。她只有慨叹"物是人非事事休"！

武陵春

风住尘香花已尽，日晚倦梳头。物是人非事事休，欲语泪先流。　　闻说双溪春尚好，也拟泛轻舟。只恐双溪舴艋舟，载不动许多愁。

应该去解解闷，不要老是在家里发愁。然而这一生的愁，小船是载不起来的。

（八）临安余生

李清照自1137年起定居临安20年，直到73岁（大约）去世。

在此期间，她致力于编辑完成和出版明诚的《金石录》。明诚居青州时已将《金石录》编辑成集，作了自序。清照此时为之加注、求跋、核实，最后刻印出版。此书一出，惊震业内，被誉为"历代金石研究之集大成者"。南宋学者朱熹谓之"大略如欧阳子书，然铨叙益条理，考证益精博。"

清照为《金石录》写了一篇《后序》。《金石录后序》完成于她51岁避兵金华时。其中不但对于赵明诚的事迹和他们夫妻生活记述甚详，对于北宋的覆灭、金兵的侵略、南宋小朝廷的狼狈逃窜、他们夫妻在战乱中的颠沛流离、金石文物的悲惨命运等都有详细记述，其对后世贡献自不待言。（见后）

她还曾代笔撰皇帝阁、贵妃阁、夫人阁春帖子、端午帖子词等。

1147年，已经六十多岁的清照作《添字丑奴儿》，抒怅惘伤心事。又作《声声慢》，写尽一生悲戚忧患。

添字丑奴儿·芭蕉
（《丑奴儿》又名《采桑子》）

窗前谁种芭蕉树？阴满中庭。阴满中庭，叶叶心心，舒卷有馀情。　　伤心枕上三更雨，点滴霖霪。点滴霖霪，愁损北人，不惯起来听。

舒卷有馀情：芭蕉叶向四周舒展着，蕉心在中央卷缩着。它们相互依恋，情意浓浓。

点滴霖霪：既是雨打芭蕉之声，也是泪滴之声。漂流异乡，思念故国。

声声慢

寻寻觅觅，冷冷清清，凄凄惨惨戚戚。乍暖还寒时候，最难将息。三杯两盏淡酒，怎敌他晚来风急？雁过也，正伤心，却是旧时相识。　　满地黄花堆积。憔悴损，如今有谁堪摘？守着窗儿，独自怎生得黑？梧桐更兼细雨，到黄昏点点滴滴。这次第，怎一个愁字了得！

是李清照最为人称道的写愁的名篇。十四个叠字，交代了词人所处的环境、所持的心境；加强了感情的渲染。徐轨《词苑丛谈》："真似大珠小珠落玉盘"。

72岁时，见邻家孙氏一个小姑娘挺聪敏，欲以所学传之。小姑娘以"才藻非女子事也"拒绝了她。女子无才便是德嘛，李清照这时是何心情！

李清照身后，有《易安居士文集》《易安词》，后散失。后人有《漱玉词》辑本。

【附录】李清照：金石录后序

右《金石录》三十卷者何？赵侯德甫所著书也。取上自三代、下迄五季，钟、鼎、甗、鬲、盘、彝、尊、敦之款识，丰碑大碣、显人晦士之事迹，凡见于金石刻者二千卷，皆是正讹谬，去取褒贬。上足以合圣人之道，下足以订史氏之失者，皆载之。可谓多矣。呜呼！自王涯、元载之祸，书画与胡椒无异；长舆、元凯之病，钱癖与传癖何殊？名虽不同，其惑一也。

余建中辛巳，始归赵氏。时先君作礼部员外郎，丞相作礼部侍郎，侯年二十一，在太学作学生。赵、李族寒，素贫俭。每朔望谒告，出，质衣，取半千钱，步入相国寺，市碑文果实。归，相对展玩咀嚼，自谓葛天氏之民也。后二年，出仕宦，便有饭蔬衣练，穷遐方绝域，尽天下古文奇字之志。日就月将，渐益堆积。丞相居政府，亲旧或在馆阁多有亡诗、逸史、鲁壁、汲冢所未见之书。遂尽力传写，浸觉有味，不能自已。后或见古今名人书画，三代奇器，亦复脱衣市易。尝记崇宁间，有人持徐熙《牡丹图》，求钱二十万。当时虽贵家子弟，求二十万钱，岂易得耶？留信宿计无所出而还之。夫妇相相惋怅者数日。

后屏居乡里十年，仰取俯拾，衣食有余。连守两郡，竭其俸入以示铅椠。每获一书，即同共勘校，整集签题。得书画彝鼎，亦摩玩舒卷，指摘疵病，夜尽一烛为率。故能纸札精致，字画完整，冠诸收书家。余性偶强记，每饭罢，坐归来堂烹茶，指堆积书史，言某事在某书某卷第几叶第几行，以中否角胜负，为饮茶先后。中即举杯大笑，至茶倾覆怀中，反不得饮而起。甘心老是乡矣！故虽处忧患困穷，而志不屈。

收书既成，归来堂起书库大橱，簿甲乙，置书册。如要讲读，即请钥上簿，关出卷帙。或少损污，必惩责揩完涂改，不复向时之坦夷也。是欲求适意而反取惨僳。余性不耐，始谋食去重肉，衣去重采，首无明珠翡翠之饰，室无涂金刺绣之具。遇书史百家，字不刓缺，本不讹谬者，辄市之，储作副本。自来家传《周易》、《左氏传》，故两家者流，文字最备。于是几案罗列，枕席枕藉，意会心谋，目往神授，乐在声色狗马之上。

至靖康丙午岁，侯守淄川。闻金寇犯京师，四顾茫然，盈箱溢箧，且恋恋，且怅怅，知其必不为己物矣。建炎丁未春三月，奔太夫人丧南来。既长物不能尽载，乃先去书之重大印本者，又去画之多幅者，又去古瓷之无款识者，后又去书之监本者，画之平常者，器之重大者。凡屡减去，尚载书十五车。至东海，连舻渡淮，又渡江，至建康。青州故第，尚锁书册什物，用屋十余间，期明年春再具舟载之。十二月，金人陷青州，凡所谓十余屋者，已皆为煨烬矣。

建炎戊申秋九月，侯起复，知建康府。己酉春三月罢，具舟上芜湖，入姑孰，将卜居赣水上。夏五月，至池阳，被旨知湖州，过阙上殿。遂驻家池阳，独赴召。六月十三日，始负担舍舟，坐岸上，葛衣岸巾，精神如虎，目光烂烂射人，望舟中告别。余意甚恶，呼曰："如闻城中缓急，奈何？"戟手遥应曰："从众。必不得已，先去辎重，次衣被，次书册卷轴，次古器。独所谓宗器者，可自负抱，与身俱存亡，勿忘之！"遂驰马去。途中奔驰，冒大暑，感疾。至行在，病疟（音疟）七月末，书报卧病。余惊怛（音达），念侯性素急，奈何病痁，或热，必服寒药，疾可忧。遂解舟下，一日夜行三百里。比至，果大服柴胡、黄芩药，疟且痢，病危在膏肓。余悲泣，仓皇不忍问后事。八月十八日，遂不起，取笔作诗，绝笔而终，殊无分香卖屦之意。

葬毕，余无所之。朝廷已分遣六宫，又传江当禁渡。时犹有书二万卷，金石刻二千卷，器皿、茵褥，可待百客，他长物称是。余又大病，仅存喘息。事势日迫，念侯有妹婿，任兵部侍郎，从卫在洪州。遂遣二故吏，先部送行李往投之。冬十二月，金寇陷洪州，遂尽委弃。所谓连舻渡江之书，又散为云烟矣。独余少轻小卷轴书帖，写本李、杜、韩、柳集，《世说》《盐铁论》，汉唐石刻副本数十轴，三代鼎鼐十数事，南唐写本书数箧，偶病中把玩，搬在卧内者，岿然独存。

上江既不可往，又虏势叵测，有弟迒（音杭）任敕局删定官，遂往依之。到台，台守已遁；之剡（音善），出睦，又弃衣被走黄岩，雇舟入海，奔行朝，时驻跸章安。从御舟海道之温，又之越。庚戌十二月，放散百官，遂之衢。绍兴辛亥春三月，复赴越；壬子，又赴杭。先侯疾亟时，有张飞卿学士，携玉壶过视侯，便携去，其实珉也。不知何人传道，遂妄言有颁金之语，或传亦有密论列者。余大惶怖，不敢言 亦不敢遂已，尽将家中所有铜器等物，欲赴外庭投进。到越，已移幸四明不敢留家中，并写本书寄剡，后官军收叛卒，取去，闻尽入故李将军家。所谓岿然独存者，无虑十去五六矣。惟有书画砚墨，可五七簏，更不忍置他所，常在卧榻下，手自开阖。在会稽，卜居土民钟氏舍。忽一夕，穴壁负五簏去。余悲恸不已，重立赏收赎。后二日，邻人钟复皓出十八轴求赏，故知其盗不远矣。万计求之，其余遂牢不可出，今知尽为吴说运使贱价得之。所谓岿然独存者，乃十去其七八。所有一二残零不成部帙（音至）书册，三数种平平书帖，犹复爱惜如护头目，何愚也耶！

今日忽阅此书，如见故人。因忆侯在东莱静治堂，装卷初就，芸签缥带，束十卷作一帙。每日晚吏散，辄校勘二卷，题跋一卷。此二千卷，有题跋者五百二卷耳。今手泽如新，而墓木已拱，悲夫！昔萧绎江陵陷没，不惜国亡而毁裂书画；杨广江都倾覆，不悲身死而复取图书。岂人性之所著，死生不能忘欤？或者天意以余菲薄，不足以享此尤物耶？抑亦死者有知，犹斤斤爱惜，不肯留在人间耶？何得之艰而失之易也！

呜呼，余自少陆机作赋之二年，至过蘧瑗知非之两岁，三十四年之间，忧患得失，何其多也！然有有必有无，有聚必有散，乃理之常。人亡弓，人得之，又胡足道。所以区区记其终始者，亦欲为后世好古博雅者之戒云。绍兴二年，玄黓岁，壮月朔甲寅（太岁在壬，八月初一甲寅），易安室题。

第九章 精忠岳飞

第九章　精忠岳飞

【岳飞】（1103—1142）字鹏举，河南汤阴人。少年时喜读《左氏春秋》、孙吴兵法，自幼拜名师习武，武功精湛，技艺出众；生有神力，时人奇之。写一手好字，吟满口好词。存词虽少，却在宋朝词史上占有一席之地。为人正直，重义气，有勇有谋，是中国历史上最著名的民族英雄之一。

十九岁参军。1124年在宗泽手下，屡建战功。宗泽死后，岳飞撤向南方。

黄天荡之战，韩世忠八千兵马阻截金军，岳飞领一百多人偷袭金营。

（一）中原形势

完颜宗弼，又名金兀术，从江南撤回之后，知道灭宋不那么容易，中原地区又不好管。它要"以汉治汉"，"以和议佐攻战，以僭逆诱叛党"。即立个傀儡皇帝。济南知府刘豫贿赂上位，被册封为"大齐皇帝"。"赐尔封疆，皆从楚（楚即张邦昌）旧""世修子礼，奉金正朔"，不折不扣的儿皇帝。这个刘豫十足一个混蛋，横征暴敛，鱼肉百姓，滥杀无辜，无恶不作。为了弄钱甚至刨了赵宋家的皇陵。百姓苦不堪言，才坚定认同了南宋政权。南宋军民面对伪齐政权，战斗力被大大激发出来。

在这种形势下，在1134年，岳飞再次上书，领三万人马赴襄阳，主动出击。在荆湖一线，收复了被伪齐占据的襄阳等六郡，使西北战场的防线同两淮战线的联系保持畅通。岳飞获清远军节度使，高宗赐"**精忠岳飞**"四字。

兀术率军支援伪齐，大举渡淮南侵，遭到岳飞、韩世忠部队及两淮水寨义兵的英勇抗击，以失败告终。

中原战场的形势因之也发生了有利于南宋的变化。金政权内部在对宋战争的策略方面产生了严重分歧。1137年，岳飞弄了个反间计，终使刘豫被废（伪齐政权一共存在了八年）。

宋金双方开始有了和谈的可能。

金太宗完颜阿骨打死后，主和派当权的女真贵族决定把原由伪齐管辖的河南、陕西交还宋朝，同宋朝议和。

（二）议和

这时，中国历史上臭名昭著的奸臣秦桧从金地回来已经十年了。靖康之变发生时，他原在北宋朝中为官，曾经在金人立张邦昌为帝时表示了反对被掳北去。他一到金地就卖身投靠，成了金太宗之弟挞懒的亲信。1130年，他携妻来到南宋朝廷，声称自己是杀掉金朝的监视人员，夺舟而来的。当时许多官员表示了怀疑，而高宗听他吹牛后非常高兴，说秦桧"朴忠过人，朕得之喜而不寐"，任命他为右相兼枢密院事，负责对金的"解仇议和"的活动。

为什么他那么欢喜呢？

因为赵构自从即位以来，就只想与金国媾和，以保住自己偏安江南的荣华富贵，而不是与其进行胜负难料的战争。如果媾和成功，自己这个皇帝就可以妥妥地当下去。打的话：打赢了，迎回二圣，没准就做不成皇帝了，至少会有一大堆麻烦。而且最多只能收复故土，又不可能追到白山黑水去把女真灭了。还怕常年征战中武将威望太高，对自己形成威胁。战败了呢，小命能不能保住都不好说。这样仔细盘算下来，只有媾和，不管多屈辱也要媾和。

只是这时金尚无议和诚意，秦桧无所作为，为相十个月就被罢免了。后来形势有所改变，1138年，秦桧重新被起用。高宗和他沆瀣一气，于下一年正月同金朝订立了一个称臣纳贡的**天眷和议**。岳飞持坚决反对的态度，使宋高宗甚为恼怒，更为秦桧所衔恨。

（三）"直捣黄龙"

"和议"订立不久，金朝发生内讧，主战派又占了上风，兀术又掌握了兵权。金朝立即撕毁和议，于1140年五月，大举进攻，很快又把陕西、河南夺了回去。接着又进军淮南。高宗急召岳飞出击。兀术在安徽阜阳遭到刘锜的沉重打击，撤回汴梁。高宗即下令岳飞班师。岳飞却认为机不可失，坚决向中原进军。一路上受到中原人民的热烈欢迎，其军队被称为"岳家军"。"岳家军"所至克捷，收复了许多州郡。七月，又在郾城大败金军，歼灭了兀术的精锐骑兵拐子马，一直把金军追到距汴京仅45里的**朱仙镇**。这时黄河南北许多坚持斗争的义兵都打着岳家军的旗号，响应岳飞的北伐，其他各路宋兵也转入局部反攻，抗金斗争呈现一派蓬勃发展的大好形势。岳飞在庆功宴上，说了一句铿锵有力的话："直抵黄龙府，与诸君痛饮耳！"（黄龙府在今吉林省农安县，二帝曾在此停留）金兵惊呼"撼山易，撼岳家军难。"兀术也准备放弃汴梁，撤回河北。

但是，抗金斗争的大好形势却吓坏了高宗和秦桧一伙。他们急令各路宋军班师，岳飞上《乞止班师诏奏略》："金人锐气沮丧，欲弃辎重，疾走渡河。豪杰向风，士卒用命。时不再来，机难轻失。"此表一上，皇帝下十二道金牌："岳飞孤军深入，不可久留。速撤军，返京述职。"岳飞只好撤军。百姓"攀衣拦马哭声惨，刺腑催肝血泪言。"

此次如果一鼓作气，收复汴梁，把金军赶回北方，是完全可能的。而这一撤，"十年之功，废于一旦，所得州郡，一朝全休；社稷江山，难以中兴；乾坤世界，无由再复。"（岳飞的《奏略》）

（四）岳飞之死

岳飞和一众主战的武将成为高宗欲与金国媾和的绊脚石。皇帝的小心思不能明说，便对有功的武将采取以财、色、高官厚禄收买的政策。而岳飞道德高尚，不爱财，不爱色，没有争名夺利之心。高宗无法收买。

1138年的天眷议和，是一次屈辱的议和，岳飞上表反对："臣愿定谋于全胜，……誓心天地，当令稽颡以称藩。"要把黄河以北拿回来。皇帝不愿他"破坏和议"，但没法说，只能给他封官，封他为开封府，仪同三司，提前把报酬给你，功别立了，行吗？不到十年从七品升到一品。岳飞不理解，上表说无功不受禄，我不是为当官。（"三十功名尘与土"是指这件事吧？）皇帝愿他升了官进取心减退，但岳飞不领这个情。一再上表，甚至说事成之后我兵务交出，退隐林泉。高宗先是不理，后来嫌他啰嗦，回了一句："所请宜不准。"

秦桧在岳飞收复朱仙镇的奏报传来时，上蹿下跳，在皇帝耳边吹风。岳飞奏报说：光复在此一举。秦桧冷冷煽风，令皇帝怀疑岳飞在谎报军情。又一句"武将不可信"，击中皇帝。皇帝说："岳飞应该是个忠臣啊！"秦桧又扔出第三枚炸弹："太祖皇帝龙兴之前也是个忠臣啊！"

为了议和，高宗要处理武将。主要是主战派的将领岳飞和韩世忠。秦桧本来是要先向韩世忠动手的。此时兀术来信说："必杀岳飞，而后和议可成也。"于是秦桧召岳飞入朝，制造了冤狱，诬陷他谋反。先派何铸主审。何铸不信岳飞谋反，说："强敌未灭，无故戮一大将，失士卒之心，非社稷之长计。"换了万俟卨（音莫其谢），用遍毒刑。高宗最终下诏，"不管有没有结果，赐死。张宪、岳云并依军法施行……"三人一起被害于大理寺风波亭。岳飞临刑前在供状上写下八字绝笔："天日昭昭！天日昭昭！"卒年三十九。长子岳云仅二十三岁。

元朝所编的《宋史·岳云传》结尾写道："自坏汝万里长城，高宗忍自弃其中原，故忍杀飞，呜呼冤哉！呜呼冤哉！"

岳飞死后，韩世忠心灰意冷，辞职回家，借酒浇愁去了。金国将领酌酒相庆："和议自此坚矣！"这一年达成的"绍兴和议"更加屈辱，金国"册封"赵构为"皇帝"，南宋对金称臣纳贡，割让以前被岳飞收复的唐州、邓州等地，两国以淮河、大散关一线为界。从此以后将近二十年，双方无大冲突，高宗一伙投降派在杭州过起了醉生梦死的生活。直到1161年，金主完颜亮大举南侵（南宋取得采石大捷），赵构匆匆将皇位传给养子赵眘（音慎），即孝宗，做起了太上皇。

孝宗即位后立即下诏给岳飞平反，恢复爵位，谥武穆，在杭州建庙立祠。此时秦桧已死，赵构尚在，孝宗给足太上皇面子。平反是以高宗名义，把一切都推到秦桧头上。也因此平反不彻底。至宁宗时追封鄂王。至于建岳王庙，铸了秦桧夫妻和万俟卨、张俊（张俊提供了假证据诬陷岳飞）四个铁人跪在那里让万世唾骂，则是明朝时的事了。

南宋以及后世的百姓恨透了秦桧，恨不得把他夫妻俩一起送下油锅，于是发明了油炸两个面人的食品"油炸桧"（北方叫"油炸鬼"），即今日之油条——都是两根并联。

岳飞词三首：第一首《满江红》写于1137年。岳飞收复襄阳六郡，伪齐被金所废以后，岳飞曾向朝廷提出增兵，以便伺机收复中原，未被采纳；次年春，岳飞奉命从江州率部回鄂州驻屯。第二首《满江红》是岳飞最脍炙人口的一首词。格调欢快，可比"直抵黄龙府，与诸君痛饮"。第三首《小重山》应写于从朱仙镇被召回以后。

满江红·登黄鹤楼有感

遥望中原，荒烟外、许多城郭。想当年，花遮柳护，凤楼龙阁。万岁山前珠翠绕，蓬壶殿里笙歌作。到而今，铁骑满郊畿，风尘恶。 兵安在？膏锋锷；民安在？填沟壑。叹江山如故，千村寥落。保（保：一作何）日请缨提锐旅，一鞭直渡清河洛。却归来，再续汉阳游，骑黄鹤。

满江红

怒发冲冠，凭栏处、潇潇雨歇。抬望眼，仰天长啸，壮怀激烈。三十功名尘与土，八千里路云和月。莫等闲白了少年头，空悲切。 靖康耻，犹未雪；臣子恨，何时灭？驾长车，踏破贺兰山缺。壮志饥餐胡虏肉，笑谈渴饮匈奴血。待从头收拾旧山河，朝天阙。

清陈廷焯《白雨斋词话》："何等气概！何等志向！千载下读之，凛凛有生气焉。'莫等闲'二句，当为千古箴铭。"

　　"三十功名"应指襄阳获封赏的事，他只视为尘土。自己志在千里之外，收复故土。

小重山

　　昨夜寒蛩不住鸣。惊回千里梦，已三更。起来独自绕阶行。人悄悄，帘外月胧明。　　　白首为功名。旧山松竹老，阻归程。欲将心事付瑶琴。知音少，弦断有谁听？

　　这首《小重山》是岳飞多年征战并受掣肘时惆怅心理的反映，是用一种含蓄蕴藉的手法表达他抗金报国的壮怀。

第十章 国家危难促生民族词人

第十章　国家危难促生民族词人

虽苏轼开豪放一派，但跟随他的人不多。那时汴京的词坛正被应制词、颓靡词、应酬词搞得乌烟瘴气，人们醉生梦死，谁都觉得这是一个可以长治久安的太平盛世。靖康之变使人们从梦中惊醒，对民族的安危不得不用悲愤的心情作出反应。于是作为辛词前奏的豪放派词人正式登场。

这一时期最杰出的豪放派词人是张元干，张孝祥则晚他多年。

（一）张元干

【张元干】（1067—1143）字仲宗，号芦川居士，福建人。因《宋史》无传，所以对他的生卒都不是很清楚。北宋末年以词著称于世。钦宗即位后，金兵围困汴梁时，曾入李纲麾下。李纲罢相，亦随之获罪。南渡后，他不愿与秦桧当朝的奸佞为伍，弃官而去。后避难江南，客死他乡。存词一百八十余首。

张元干词两首：

贺新郎·寄李伯纪丞相

曳杖危楼去。斗垂天、沧波万顷，月流烟渚。扫尽浮云风不定，未放扁舟夜渡。宿雁落、寒芦深处。怅望关河空吊影，正人间、鼻息鸣鼍（鼍音驼）鼓。谁伴我，醉中舞？　　十年一梦扬州路。倚高寒、愁生故国，气吞骄虏。要斩楼兰三尺剑，遗恨琵琶旧语。谩暗涩、铜华尘土。唤取谪仙平章看，过苕溪，尚许垂纶否？风浩荡、欲飞举。

鼻息鸣鼍鼓：人们已在睡梦中。似有"众人皆醉"的感慨。

李伯纪即李纲，是两宋之交坚持抗金的名臣（见第七章）。高宗建炎元年（1127年）做过宰相，故称之为"丞相"。因主战屡遭贬谪。此词写于1138年，秦桧为相，天眷和议已成定局。李纲上书反对无效。张元干写本词寄给李纲，表示支持和同情。

后因作下面这首词送胡铨（邦衡）谪新州被除名。

胡铨是一代名臣，坚决的主战派。1142年，因反对"和议"请斩秦桧等三人而贬为福州签判的胡铨再次遭遣，除名编管新州（广东新兴）。张元干作词相送。抒发悲愤之情，为他不平。

贺新郎·送胡邦衡谪新州

梦绕神州路。怅秋风、连营画角，故宫《离黍》。底事昆仑倾砥柱，九地黄流乱注。聚万落千村狐兔。天意从来高难问，况人情老易悲难诉。更南浦，送君去。　凉生岸柳摧残暑。耿斜河，疏星淡月，断云微度。万里江山知何处，回首对床夜语。雁不到，书成谁与。目尽青天怀今古，肯儿曹恩怨相尔汝。举大白，听金缕。

《四库全书提要》称赞张元干这两首词说："慷慨悲凉，数百年后，尚想其抑塞磊落之气。"

词人这时已经是七十六岁的高龄，仍旧意态豪迈，坚持正义，不肯稍屈。

（二）张孝祥

【张孝祥】（1132—1169）字安国，历阳乌江（今安徽和州）人。是中唐诗人张籍的七世孙。南渡后，张家境况凄凉，张孝祥完全靠自己的努力，奋起于"寂寞荒凉之乡"。他自小是神童，16岁中乡试，23岁中状元。才华卓绝，性情英迈。当时人称"天上张公子"。

他那次考试值得一提。那是陆游被秦桧剥夺了权利的一次考试。陆游在之前的锁厅考试中考得太好，居然在秦桧孙子之前。秦桧大怒，强行将自己的孙子改为第一，把陆游一笔勾掉。次年（绍兴二十四年，1154）礼部考试，高宗亲自主持面试，将张孝祥擢为第一（虞允文、范成大、杨万里都是那一科的进士）。当然张孝祥自此和秦桧结下梁子。好在不久秦桧就死了。

  "天上张公子"自此在人间宦海沉浮十几年。历任中书舍人、直学士院等，为皇帝起草诏书，批阅文件。

  张孝祥英气勃发，风流倜傥。他力主北伐抗金，写下许多爱国诗词。其豪放之气度，上承苏轼，下启辛弃疾，在词史上有重要地位。"平昔为词，未尝著稿，笔酣兴健，顷刻即成。初若不经意，反复究观，未有一字无来处。"

  在建康任内，极力赞颂采石战胜，赞助张浚北伐计划。《六州歌头》写于北伐失败后抗金主帅张浚在建康所设的宴席上。这时张孝祥在建康任留守。这首词字字有力，声声铿锵。当时国仇家恨凝聚在心的南宋官员将士，听罢都是热泪盈眶，感慨唏嘘。张浚更是"罢席而入"。

六州歌头

  长淮望断，关塞莽然平。征尘暗，霜风劲，悄边声。黯销凝。追想当年事，殆天数，非人力。洙泗上，弦歌地，亦膻腥。隔水毡乡，落日牛羊下，区脱纵横。看名王宵猎，骑火一川明，笳鼓悲鸣，遣人惊。 念腰间箭，匣中剑，空埃蠹，竟何成！时易失，心徒壮，岁将零，渺神京。干羽方怀远，静烽燧，且休兵。冠盖使，纷驰骛，若为情？闻道中原遗老，常南望、翠葆霓旌。使行人到此，忠愤气填膺，有泪如倾。

  全词格局阔大，勾画出一幅气势恢弘的历史画卷，抒发了强烈的个人抱负与爱国激情。

以下《念奴娇》写于1166年，张孝祥因谗言落职，从桂林北归，过洞庭湖所作。他用"肝胆皆冰雪"来表示自己的高洁忠贞；用"吸江酌斗，宾客万象"的豪迈气概，来回答小人的谗害。

苏轼写《念奴娇》"明月几时有"时40岁，张孝祥写这首词时35岁。认为这两首中秋词，在词史上比翼齐飞。

念奴娇·过洞庭

洞庭青草，近中秋、更无一点风色。玉鉴琼田三万顷，著我扁舟一叶。素月分辉，明河共影，表里俱澄澈。悠然心会，妙处难与君说。　　应念岭表经年，孤光自照，肝胆皆冰雪。（表：一作海；胆：一作肺）短发萧骚襟袖冷，稳泛沧溟空阔。（骚：一作疏）尽挹西江，细斟北斗，万象为宾客。扣舷独啸，不知今夕何夕。

全词意境深邃，想象瑰丽，壮怀逸兴，不输任一咏月述怀之词。清代王闿运《湘绮楼词选》赞曰："飘飘有凌云之气，觉东坡《水调》犹有尘心。"确非过誉之词。

两年以后，张孝祥退隐芜湖，绝足仕途。又两年后，已任宰相的抗金名将虞允文来看他。酷暑七月的江上，张孝祥与好友尽情对酌。虞允文前脚刚走，张孝祥便和七十年前的秦观一样，因中暑亡故。

张孝祥年少气锐，还没等棱角磨平就去世了。因而终其一生都那么壮怀激烈。

　　他的一生，短暂又灿烂。如能高寿，他将在宋朝文坛上享有重要地位。

第十一章 壮岁旌旗拥万夫
——辛弃疾（上）

1160	1165	1170	1175	118
南宋 退位	孝	宗	赵	昚
采石大捷 符离败退 隆兴		范成大		
虞允文 川陕宣谕使 和议	入朝 入川 右仆射	左丞相	卒	
1110～1174				
陆游 赐进士	罢官	入蜀汉中 差理军政	范成大 东还	
1125～1210 镇江《水调歌头》			还朝	
辛弃疾 起义	江阴签判 广德军通判 建康府通判 司农寺主簿 滁州 建康 江西(茶寇) 卓抚使 湖南			
1140～1207 进十论	《满江红》进九议 《水龙吟》《菩萨蛮》《摸鱼儿》			
陈亮				
1143～1194				
姜夔		《扬州慢》		
1155～1221?				

1180	1185	1190	1195	120
南宋	孝宗退位	光宗赵惇	宁 宗	
陆游 入京	高宗死 上疏 罢官 沈园 孝宗死 韩侂胄专权			
严州知州 礼部郎中				
辛弃疾 江西 罢官 游铅山 陈亮访 福建 瓢泉 带湖失火				
建飞虎军 带湖新居 鹅湖之会				
陈亮 系狱不策 《不见南师久》访辛湖州 提典刑狱 新居 "甚矣吾衰矣"				
姜夔 系狱不策 访范成大 范卒 萧卒 礼部试不第				
结识萧德藻				
刘克庄 1187～1269				

1200	1205	1210	1215	122
南宋 宁 宗	开禧 嘉定和议	赵	扩 金南侵	
	北伐 韩被杀 史 弥 远 专权			
陆游 修史 致仕	卒			
辛弃疾 绍兴 宁宗召见 召对 卒				
知府 《永遇乐》				
姜夔 张鑑卒		1221卒		
结识吴潜				
刘克庄		孔李平		
《戊辰即事》	军中			
蒙元	帝国诞生 征西夏 野狐岭等 破 金也都 中都临 西征			
铁木真	成吉思汗 西夏请和 之战(攻金) 居庸关 汴京 落 灭西辽			

作者手绘人物事件轴

第十一章　壮岁旌旗拥万夫——辛弃疾（上）

【辛弃疾】（1140—1207）字幼安，号稼轩。

1161年，金主完颜亮打破了将近20年的和平，率军南下，想要一统天下。结果是兵败身死。中原金国统治区陷入一片混乱，各地抗金义军风起云涌。

一个二十二岁的年轻人，在敌人占领的山东南部和江苏北部，拉起了一支两千多人的队伍举行起义。这个年轻人名叫辛弃疾。一个集英雄、猛将、才子、能臣，据说还有酷吏、贪官诸多鲜明棱角于一身的牛人、南宋词坛最闪亮的一颗星，准备出场了。

（一）1140 年，辛弃疾出生

1140年，南宋绍兴十年，辛弃疾出生于沦陷后的山东历城。他的祖父名叫辛赞，沦陷时因家中人口众多，未能撤离。这时在亳州谯县（今安徽亳州）做金国的县令。辛弃疾的父亲早逝，等到了读书年龄，祖父便把他带到任上，师从在当地负有时名的刘瞻。十八岁时曾被举荐赴大都赶考未第。

（二）1162年，辛弃疾起义

1162年，辛弃疾带着他的起义队伍，投归了耿京起义军，被委以掌书记。次年初，耿京派辛弃疾奉表南归，在建康被正在那里劳军的高宗皇帝召见之后回起义军营。途中得知家里出了叛徒，张安国等人杀害耿京投降金人。辛弃疾在海州（今连云港）从当地统制王世隆处借到五十骑人马直奔济州，打探了几天，趁金国将军视察军营，张安国正和将军喝酒庆祝之机，冲进几万人的军营中，活捉了叛徒张安国，捆在马背上，还率领了一万多不愿降金的义军，一路疾驰，甩掉了追赶的金兵，回到南宋领地。后来把叛徒押到建康正法了。

这件事轰动朝野，辛弃疾孤胆英雄形象名震一时。"壮声英慨，懦士为之兴起，圣天子一见而三叹息。"（根据《宋史》）

辛弃疾南归以后的前二十多年是宋孝宗在位。

孝宗赵昚是高宗养子。高宗赵构在逃跑中受到太多惊吓，失去了生育能力；他原有一个三岁的儿子也在战乱中去世了。北宋皇室一系几乎全被掳去东北，只好在宋太祖赵匡胤的后人中挑选了两个孩子，在宫中培养了几年。最后选定赵昚为继位人选。高宗在"采石大捷"之后，决定退位当太上皇。这年他五十六岁。赵昚在举国上下空前高涨的复国热情中登上皇位。此为孝宗。

孝宗被认为是南宋最有作为的皇帝。他上位以后，任用了一批主战派的官员，赐陆游同进士出身，派到镇江作通判，协助张浚北伐。张浚起初打了一些胜仗，攻克了宿州等地。举国欢腾，军心大振。终因将帅不和，导致"**兵败符离**"。在后来签订的"**隆兴和议**"中，南宋交还获取的四个州，金国也作出了一些让步。

1170年，孝宗派范成大出使金国，要求归还位于河南巩义的宋朝陵寝之地。范成大冒死前往，不堕国威，虽未成功而名声大振，被称为"宋代苏武"。

虞允文在朝中为官为相，又频频前往四川。原来孝宗是在布一个大局，他希望虞允文从西部，他自己从江南，一起出兵夹攻金国，夺回河南这块宋室宝地。但这并非易事，河南一马平川，宋军不占优势。尤其刚刚和金国签了和约。

这便是辛弃疾南归后第一个十年面临的形势。他很幸运，皇帝在考虑"战"，而且需要人才。

但是，虞允文并不是能够担此重任的人才。他始终没有帮助皇帝拿出一个有效的方案来。

（三）南归后第一个十年

1163—1171年（23岁至32岁），辛弃疾南归后第一个十年。虞允文在朝中时，把辛弃疾带在身边。这使他有机会通过虞允文向皇帝转呈他的《美芹十论》。那是1165年，他25岁。

十论是：《审势》、《察情》、《观衅》：论女真虚弱不足畏，且有"离合之衅"可乘，形势有利于我不利于敌。后七篇《自治》、《守淮》、《屯田》、《致勇》、《防微》、《久任》和《详战》，提出自治强国的一系列具体规划和措施。

也许是没和他们想到一块去，所以好像虞允文并未将此辛弃疾的心血呈送给皇帝。

在第一个十年里，他调动频繁，时而在朝，时而地方。

1168年在建康府通判任上，和主战的领导相处得不错。他这时对一切还充满希望，等待被召唤。

满江红·建康史帅致道席上赋

鹏翼垂空，笑人世，苍然无物。还又向、九重深处，玉阶山立。袖里珍奇光五色，他年要补天西北。且归来，谈笑护长江，波澄碧。　　佳丽地，文章伯。《金缕》唱，红牙拍。看尊前飞下，日边消息。料想宝香黄阁梦，依然画舫青溪笛。待如今、端的钓钟山，长相识。

以充沛的热情，向当时驻守建康的军政长官史致道（名正志）表达赞颂之情，并展露自己力主抗金复土的政治怀抱。采用了神话传说和众多典故，读来似乎聆听到他们在酒桌上谈笑。

（四）南归后第二个十年

1172—1182年（33岁至43岁）南归后第二个十年。从建康调回朝。这期间他向虞允文进了他的《九议》。"《九议》之立论全以备战为前提，而反言战之不可轻发。议中颇重理财。迁司农寺主簿，殆有向用之意。"1172年虞允文派他到滁州任知州，一把手，六品。

这是一个很大的突破，虞允文看到他的才能，希望他在滁州任上做出业绩，以后升官也就名正言顺了。

滁州位于安徽东部，是长江北岸重要渡口。自完颜亮南侵以来，十余年间连遭战乱灾荒，居民逃荒在外，人烟冷落，城郭萧条。

据说辛弃疾到任后主要做了几件事：

第一，减税：减了滁州百姓的租赋税。

第二，招流民：把耕地租给流民，对无钱租住的流民开放贷款。——安定人口，鼓励生产。

第三，修建交易市场，减轻商户的营业税，繁荣市面经济。

第四，编练民团，打击周边匪患，维护社会治安。

半年后，滁州面目大为改观；两年以后生机勃勃，"无不称治"。

虞允文这时要离开朝廷去四川督军（四川的事，讲陆游时再涉及）。时任宰相的叶衡，也是一个主战派，曾任户部尚书。辛弃疾赴任滁州前曾为司农寺主簿，正是在叶衡领导下。叶衡这时在建康留守，辛便从滁州去了叶衡幕中做参议官。

他从滁州下来，心情很不好。是年秋，登建康赏心亭，写下了名篇《水龙吟》：

水龙吟·登建康赏心亭

楚天千里清秋，水随天去秋无际。遥岑远目，献愁供恨，玉簪螺髻。落日楼头，断鸿声里，江南游子，把吴钩看了，栏干拍遍，无人会，登临意。　　休说鲈鱼堪脍，尽西风、季鹰归未？求田问舍，怕应羞见，刘郎才气。可惜流年，忧愁风雨，树犹如此！倩何人唤取，红巾翠袖，揾英雄泪！

下半阕——陈述了他的"登临意"。已经进入第二个十年了，时光一天天逝去，壮志难酬啊！

清陈廷焯《白雨斋词话》："落落数语，不输王粲《登楼赋》。"

1174年末，叶衡入朝为相，竭力向孝宗推荐辛弃疾，说他胸有大志，谋略过人。辛因之得到皇帝召见，留在临安。

"贵人"已使他"通天"了。以后十年，应该说皇帝始终有点维护他。

转年元宵节在临安，他的心情不错：

青玉案·元夕

东风夜放花千树，更吹落，星如雨。宝马雕车香满路。凤箫声动，玉壶光转，一夜鱼龙舞。　　蛾儿雪柳黄金缕，笑语盈盈暗香去。众里寻他千百度。蓦然回首，那人却在，灯火阑珊处。

一群少女说说笑笑地从他身边过去，其中一双笑眼与他目光相遇。他回过神来，她已走远。然后就"众里寻他千百度"，忽然一回头，看到"那人却在灯火阑珊处"。——多美的意境啊！

"此词为元夕感怀之作，是历来描写上元灯会作品中最负盛名者。究其原因，主要在于其结尾句的多种解读：描写苦苦寻觅意中人，千百遍寻而不遇，蓦然回首却就在身边；稼轩自言其志，以此寄托政治失意后不愿同流合污的孤高志节；梁启超《艺蘅馆词选》认为稼轩乃'自怜幽独，伤心人别有怀抱。'"（姚敏译注《宋词三百首》）

且自己领会。

虞允文在四川去世了。皇帝再无可用的统帅之才。

那么，辛弃疾可用吗？辛弃疾有大才。但是，要知道，他的身份是"归正者"，他的祖父又曾在金朝为官。这个身份和社会关系确实有些尴尬。让这样的人统领军队北伐怕是不妥。

孝宗这时只得暂时放弃北伐计划，转向国内治理，积累钱财，为将来的北伐作准备。经过他宵衣旰食的努力，到1189年禅位时，南宋的经济达到了巅峰，全国总户数达1200万户，远超过国土更大的盛唐之时。一个偏安政权，在强敌环伺之下延续了了一个半世纪，孝宗皇帝的努力应有一定作用。

而正好这时，他心里有了辛弃疾。

1175年，以赖文政为首的400多名武装茶商在湖北起事。后又转战湖南、江西，建立了根据地，发展到600多人。辛弃疾被任命江西提点刑狱，讨捕起事的茶寇赖文政。

茶寇之乱不是农民起义，而是类似于黑社会性质的不法行为。他们既对抗官府的茶叶缉私，也打家劫舍，祸害平民。朝廷派正规军镇压，调换三任提刑，动用上万兵力围剿，都无济于事。辛上任后发现南宋军队的战斗力极差，对付人数只有自己十分之一的茶寇简直一筹莫展。他招募了一支精锐小部队，两个多月即将其剿灭。充分展示他的才干将略。他曾派人前去招降，后来却把他们全部处死。这次"杀降"成为以后一再被弹劾的口实。

因"讨捕茶寇"有功而加官秘阁修纂。从赣州北上赴任途中经万安县西南的造口时，辛弃疾想起1129年隆裕太后一行被金兵追杀至此处，幸得当地民兵协助官军力阻敌人。因此题壁《菩萨蛮》一阕。隆裕太后是哲宗废后孟皇后，曾两度在国事危急时，垂帘听政扶持高宗上位，深受高宗感戴，在民众中威望极高。

菩萨蛮·书江西造口壁

郁孤台下清江水，中间多少行人泪。西北望长安，可怜无数山。 青山遮不住，毕竟东流去。江晚正愁余，山间闻鹧鸪。

罗大经《鹤林玉露》："'闻鹧鸪'之句，谓恢复之事行不得也。"

清代陈廷焯《云韶集》："血泪淋漓，古今让其独步，结二语号呼痛哭，音节之悲，至今犹隐隐在耳。"

立功受奖激起他对未来的信心和希望。但等来的任命让他大失所望。下面一首《摸鱼儿》，是1179年40岁时调为湖南转运副使时写的。

摸鱼儿

淳熙己亥，自湖北漕移湖南，同官王正之置酒小山亭，为赋。

更能消几番风雨，匆匆春又归去。惜春长恨花开早，何况落红无数。春且住！见说道，天涯芳草迷归路。怨春不语，算只有殷勤，画檐蛛网，尽日惹飞絮。 长门事，准拟佳期又误，蛾眉曾有人妒。千金纵买相如赋，脉脉此情谁诉？君莫舞！君不见，玉环飞燕皆尘土！闲愁最苦，休去倚危楼，斜阳正在，烟柳断肠处。

词的下阕写的是汉武帝废后陈阿娇的故事。辛弃疾知道自己壮志难酬，也是因为官场上同僚的嫉妒。当年孝宗读到此词，心中非常不快。

这次上任的转运副使负责财政税赋，兼有按察之权。他经过明察暗访，给皇帝上了一封《论盗贼扎子》，其中说道："民者，国之根本，而贪浊之吏迫使为盗，今年剿除，明年扫荡，譬之木焉，日刻月削，不损则折。欲望陛下深思致盗之由，讲求弭盗之术，无恃其有平盗之兵也。""臣孤危一身久矣，荷陛下保全，事有可为，杀身不顾。况陛下付臣以按察之权，责臣以澄清之任，封部之内，吏有贪浊，职所当问。""但臣生平则刚拙自信，年来不为众人所容，顾恐言未脱口而活不旋踵，使他日任陛下远方耳目之寄者，指臣为戒，不敢按吏，以养成盗贼之祸为可虑耳。"

忠君爱国拳拳之心溢于笔端。孝宗阅后，深为感动。将辛弃疾升任湖南安抚使，在其札子上批答"行其所知，无惮豪强之吏"。命他去治理地方一展身手，再让宰相把辛的札子和自己的批答发到各地转运使，让他们好好学习。

有了皇帝的支持，他完全不管旁人的眼光，立刻施展铁腕治理湖南。他兴修水利，以工代赈，既帮助百姓渡过饥荒，又加强了基础建设。他看出湖南民风彪悍，容易发生暴乱，便以"湖南多盗"为由，申请建立"飞虎军"。开始得到了孝宗的批准，但军需要自筹。他的执行能力极强，钱和人马都搞到。没场地他利用古代的营房故基；造房缺瓦，他差人去所有的官衙寺庙，商铺民居，每家屋上取两片瓦；无石他发动囚徒到城北开采，按数量给予适当减刑。又派人到广西购买大量战马……

有人向皇帝打小报告说他借着营造营寨中饱私囊，皇帝派人送御前金牌命令他停工。他收下后藏了起来，下命令一个月内必须完工。完工后他将工程始末报告、收支账本、营寨实物图上呈朝廷。

一支2500人的"湖南飞虎军"建立起来了。这件事对国家来说是件大功。"称雄一方，为江上诸军之冠。"（《宋史》）

然而却在他倾注了满腔心血才建成的军队以后没几个月，就在这年冬天，又被调任江西安抚使。

屡屡受到打击的辛弃疾这时有了退隐之心。1181年他在江西上饶为自己兴建了一所"带湖庄园"。高处建舍，低处辟为稻田，书斋取名"稼轩"，并以此作为自己的别号。新居将要落成时写了下面这首词：

沁园春·带湖新居将成

三径初成，鹤怨猿惊，稼轩未来。甚云山自许，平生意气；衣冠人笑，抵死尘埃。意倦须还，身闲贵早，岂为莼羹鲈脍哉？秋江上，看惊弦雁避，骇浪船回。　　东冈更葺茅斋。好都把轩窗临水开。要小舟行钓，先应种柳；疏篱护竹，莫碍观梅。秋菊堪餐，春兰可佩，留待先生手自栽。沉吟久，怕君恩未许，此意徘徊。

是他此时的心理活动的生动描写。他已完全意识到自己所处的险境。

三径：归隐者的居所。

率直果断的性格和对于北伐百折不挠的追求，在对外怯懦对内倾轧的政治氛围中，成了别人眼中的另类。一些人到孝宗面前弹劾他，说他"用钱如泥沙，杀人如草芥"。（后者指的是那次杀降）终于未等到他自己提出，即遭到罢官。

从1175年赴江西平叛茶寇，到1181年调离湖南，五年时间，他南归后一段非凡的经历，实际已经结束。

第十二章　风流总被雨打风吹去
——辛弃疾（下）

第十二章　风流总被雨打风吹去——辛弃疾（下）

（五）第三、四个十年，闲居

1182年末—1191年（43岁至52岁），第三、四个十年，闲居。刚罢官时写有《水调歌头·盟鸥》，时带湖新居落成。

水调歌头·盟鸥

带湖吾甚爱，千丈翠奁开。先生杖屦无事，一日走千回。凡我同盟鸥鹭，今日既盟之后，往来莫相猜。白鹭在何处？尝试与偕来。　　破青萍，排翠藻，立苍苔。窥鱼笑汝痴计，不解举吾杯。废沼荒丘畴昔，明月清风此夜，人世几欢哀。东岸绿阴少，杨柳更须栽。

闲居期间，作有大量闲散词作。如：

西江月·夜行黄沙道中

明月别枝惊鹊，清风半夜鸣蝉。稻花香里说丰年，听取蛙声一片。　　七八个星天外，两三点雨山前。旧时茅店社林边，路转溪桥忽见。

写的是夏夜村中景色，对丰收在望的喜悦。笔调灵活轻快。

貌似挺享受农家恬淡生活，其实反映他内心的，应该是下面这首《丑奴儿》：

丑奴儿·书博山道中壁

少年不识愁滋味，爱上层楼。爱上层楼，为赋新词强说愁。　　如今识尽愁滋味，欲说还休。欲说还休，却道天凉好个秋。

朝中宰相王淮在辛弃疾被免职六年后，打算向孝宗建议重新起用他。但却遭到另一位宰相周必大的反对，理由便是他那年的"杀降"。孝宗给辛弃疾安排了一个主管道观的闲差。

好友陈亮

在上饶西南不远的铅山县永平镇附近有一座名山，主峰叫鹅湖，一块巨石，两窟清泉，之间有沟相通，是谓瓢泉。山下有鹅湖寺。此处风景优美，是学术胜地。辛弃疾在带湖居住时经常来此游玩。

1188年冬天，他在此养病，在住所看到远处一男子骑马飞奔而来，到一小桥处，那马却不肯前行。骑士三次扬鞭催马，那马三次后退。男子大怒，竟拔出剑来斩落马头，然后跳下马飞奔而来。此人就是陈亮。

【陈亮】（1143—1194）字同甫（同父），号龙川，浙江婺州人，比辛弃疾小三岁。年少聪颖，博览群书，纵论古今。

1178年，那时辛弃疾39岁，在临安为大理少卿。陈亮到临安上书孝宗，论恢复中原大计。二人通过友人介绍相识，志同道合，很是投契。孝宗赏识陈亮的见识，赏了他一个官职。这时朝廷有官员听说后，欲拉拢他以壮大自己的势力，陈亮逾墙逃走。之后他对皇帝说："吾欲为社稷开百年之基，宁用以博一官乎？"就回老家去了。回家以后，曾经遭人陷害入狱，是孝宗开释与他，得以无罪释放。1184年，又一次冤案，险遭不幸。向他伸出援手的是辛弃疾。

这次陈亮长途跋涉顶风冒雪来看望他崇拜的偶像，二人一起鹅湖同游，瓢泉共饮，纵谈十日，成为南宋词坛著名的鹅湖之会。

陈亮走后，第二天稼轩不舍，又驾车去追。因大雪挡路没有追上。在投宿处写了一首《贺新郎》：

贺新郎（即《乳燕飞》）

序：陈同父自东阳来过余，留十日，与之同游鹅湖，且会朱晦庵于紫溪，不至，飘然东归。既别之明日，余意中殊恋恋，复欲追路，至鹭鸶林，则雪深泥滑，不得前矣。独饮方村，怅然久之，颇恨挽留之不遂也。夜半投宿吴氏泉湖四望楼，闻邻笛悲甚，为赋《乳燕飞》以见意。又五日，同父书来索词，心所同然者如此，可发千里一笑。

把酒长亭说。看渊明，风流酷似，卧龙诸葛。何处飞来林间鹊，蹙踏松梢微雪。要破帽多添华发。剩水残山无态度，被疏梅料理成风月。两三雁，也萧瑟。　　佳人重约还轻别。怅清江、天寒不渡，水深冰合。路断车轮生四角，此地行人销骨。问谁使、君来愁绝？铸就而今相思错，料当初、费尽人间铁。长夜笛，莫吹裂。

相思错："费劲人间铁"铸成的锉刀说明相思的深厚之情。

朱晦庵即朱熹。

陈亮读后和了一首《贺新郎》：

贺新郎

老去凭谁说。看几番、神奇臭腐，夏裘冬葛。父老长安今余几？后死无仇可雪。犹未燥、当时生发。二十五弦多少恨，算世间、那有平分月。胡妇弄，汉宫瑟。　　　树犹如此堪重别。只使君、从来与我，话头多合。行矣置之无足问，谁换妍皮痴骨。但莫使、伯牙弦绝。九转丹砂牢拾取，管精金，只是寻常铁。龙共虎，应声裂。

辛弃疾又和了一首。一年以后陈亮又和一首。都是《贺新郎》。

这回辛弃疾换了一个词牌，这便是千古名篇《破阵子》。

破阵子·为陈同甫赋壮词以寄之

醉里挑灯看剑，梦回吹角连营。八百里分麾下炙，五十弦翻塞外声。沙场秋点兵。　　　马作的卢飞快，弓如霹雳弦惊。了却君王天下事，赢得生前身后名。可怜白发生。

满怀家国之志，欲施展雄才大略，却被现实打了一记响亮的耳光。

从此以后，他们书信往来，彼此唱和，交谊日深。直至陈亮逝世。

说起同甫之死，又是一个传奇。1193年，同甫51岁。四年前孝宗让位给长子赵惇，即光宗，自己当了太上皇。

原来赵构活了84岁，于1187年去世了。孝宗下圣旨说："朕比年病倦，欲传位太子。"选择了去为高宗守灵。

这时光宗却患了精神疾病，长时间不去给太上皇请安，父子关系十分紧张。大臣们一边倒地指责皇帝，愤怒中的皇帝便将当年殿试考题定为"皇帝该不该去朝拜重华宫"。考生们都写文章说"该"。只有陈亮持相反意见，论述皇帝应该将天下治理好，收复失地告慰祖宗，才是重要的。光宗大喜，将陈亮点为状元。一辈子倒霉的陈亮可真是喜出望外，回乡料理家事准备赴任建康签判。却因一场急病转年逝世。

辛弃疾闻讯长歌当哭，悲不自胜，大病一场。

（六）起起落落，又十四年

1193—1207年（54岁至68岁）起起落落，又十四年。1193年初，光宗召见。奏对之后留在朝廷做了半年太府卿。秋，提为集英殿修纂，派做福州知州兼福州路安抚使，重到福州。《水龙吟》作于此年：

水龙吟·过南剑双溪楼

举头西北浮云，倚天万里须长剑。人言此地，夜深长见，斗牛光焰。我觉山高，潭空水冷，月明星淡。待燃犀下看，凭栏却怕，风雷怒，鱼龙惨。　　峡束苍江对起，过危楼，欲飞还敛。元龙老矣！不妨高卧，冰壶凉簟。千古兴亡，百年悲笑，一时登览。问何人又卸，片帆沙岸，系斜阳缆？

作者登临南剑州双溪楼怀古的时候，幻想着取出延平津里的神剑去杀敌人，可是他又顾虑到水上"风雷"、水底"鱼龙"的层层干扰（显然指朝中主和派）。下阕写的是壮志未酬、抑郁苍凉的心情。

福建人多地少，又有海盗为患。辛弃疾上任后又殚精竭虑地干实事。首先是安静养民，一年之内积攒了一些财政收入，作为用来维护地方安定的专项资金。一方面趁着连年丰收，在秋季米价低时用这笔钱购入粮食以备荒年所需，另一方面招募和训练军队以防海盗。

和以前一样，刚有一点绩效，又被弹劾，闲居家中。

1194年，朝廷中又有变故。这一年太上皇去世，光宗不去守孝。当朝宰相赵汝愚找到韩侂胄商议如何废了患有精神病的光宗。因为这事儿需要宫中长辈出面，韩侂胄呢，是北宋名臣韩琦的曾孙，母亲是高宗吴皇后的妹妹，妻为吴皇后的侄女。内戚韩侂胄帮赵汝愚废了有精神病的光宗，扶宁宗赵扩即位。

可巧宁宗的皇后又是韩侂胄的侄孙女。韩觉得自己可有了大功。谁知道赵汝愚根本看不起他，说："吾宗室也，汝外戚也，何可以言功？"

后来，赵汝愚请来理学家朱熹来给赵扩教学。朱熹太认真了，每天早晚进讲，年轻皇帝很厌烦。朱熹居然借讲学机会，多次进札议论朝政，矛头指向韩侂胄。皇帝下诏免去朱熹的侍讲，赵也被罢相。然后韩侂胄掌权，对赵汝愚和朱熹的理学派进行清算，也开始了韩侂胄的专权时期。

一再的弹劾把五十七岁的辛弃疾的生平所有各种名衔剥夺干净。这一年，带湖居所失火，全家移至瓢泉居住。在闲居生活中，主要是同一些士大夫阶层人士游山逛水、饮酒赋诗。59岁时，为瓢泉新居的"停云堂"题写《贺新郎》：

贺新郎

序：邑中园亭，仆皆为赋此词。一日，独坐停云，水声山色，竞来相娱。意溪山欲援例者，遂作数语，庶几仿佛渊明思亲友之意云。

甚矣吾衰矣。怅平生、交游零落，只今余几？白发空垂三千丈，一笑人间万事。问何物、能令公喜？我见青山多妩媚，料青山见我应如是。情与貌，略相似。　　一尊搔首东窗里。想渊明《停云》诗就，此时风味。江左沉酣求名者，岂识浊醪妙理！回首叫、云飞风起。不恨古人吾不见，恨古人不见吾狂耳。知我者，二三子。

陶渊明有四言长诗曰《停云》。停云，思亲友也。辛弃疾在瓢泉新居建有"停云堂"。"独坐停云"，触景生情。信手拈来，遂成此篇。

宋宁宗嘉泰四年（1204），韩侂胄为相，开始为北伐作准备。他追封岳飞为鄂王，大量起用主战派人士。六十四岁的辛弃疾被任命为绍兴知府兼浙东安抚使。辛弃疾和已经七十九岁在绍兴三山闲居的大诗人陆游往来。看陆游住得寒酸，欲给陆游建一新房，陆游没有接受。他离开绍兴时陆游有长诗相送。

第二年初宁宗召见，辛弃疾关于北伐对付金人，对于如何做好充分准备等发表了恳切的意见。三月派任镇江知府。到任后即着手为对金用兵作积极准备。《南乡子》当作于此时：

南乡子·登京口北固亭有怀

何处望神州？满眼风光北固楼。千古兴亡多少事？悠悠。不尽长江滚滚流。　　　　年少万兜鍪，坐断东南战未休。天下英雄谁敌手？曹刘。生子当如孙仲谋。

他是多么希望有一个像孙权那样的皇帝啊！

他提出十年备战。而此时韩侂胄已迫不及待。产生矛盾，因而又落职。怀着满腔忧愤又忧心忡忡地返回家园。回家以前作《永遇乐》：

永遇乐·京口北固亭怀古

千古江山，英雄无觅，孙仲谋处。舞榭歌台，风流总被、雨打风吹去。斜阳草树，寻常巷陌，人道寄奴曾住。想当年，金戈铁马，气吞万里如虎。　　元嘉草草，封狼居胥，赢得仓皇北顾。四十三年，望中犹记，烽火扬州路。可堪回首，佛狸祠下，一片神鸦社鼓。（佛音必）凭谁问：廉颇老矣，尚能饭否？

这首词用典很多，几乎一句（行）一典，件件紧扣主题。下半阕明显看出对韩侂胄即将开始的北伐满怀忧虑，但仍用了廉颇的故事，说明自己虽已六十五岁，仍然壮心不已，朝廷中是否会有人像关心"廉颇尚能饭否"那样，来考虑用我领兵北伐呢？

自己在那片土地（扬州路）上和敌人战斗，已经过去四十三年了！新的一代，还知道自己的祖先是谁吗？

"以前是朝廷无意北伐，稼轩在苦等机会……如今终于大举北伐在即，自己热心准备了多年，到头来却只能做一个远远的观众。他的伤心失望不问可知。"（鞠菀）

鹧鸪天

有客慨然谈功名，因追念少年时事，戏作

壮岁旌旗拥万夫，锦襜突骑渡江初。（襜音缠）燕兵夜娖银胡䩮，汉箭朝飞金仆姑。　　追往事，叹今吾，春风不染白髭须。却将万字平戎策，换得东家种树书。

"老夫年轻时曾经统领雄兵上万，战阵之前旌旗招展。率领身着织锦战袍的精锐骑兵杀出金国统治区渡江南归之时，金兵夜间提心吊胆地枕着银色箭袋睡觉生怕被偷袭，我们却偏偏出其不意在凌晨用箭雨发动攻击。那激情燃烧的岁月回忆起来真是令人热血沸腾。追忆往事，感叹今日。春风能绿江南岸，却不能将白胡须染黑。殚精竭虑写成的万字平戎之策，还不如拿去向东邻换点植树手册，安心务农了此残生。"（鞠菟）

1206年春，又被起用做浙东安抚使，这回他上疏辞免了。五月，正式伐金，各路军在韩侂胄指挥下都溃败下来。韩侂胄刚愎自用，没有听取辛弃疾的建议，鲁莽从事，准备不够。朝廷这时拼命地要用辛弃疾：龙图阁待制，不去；向金求和，召他到临安奏陈对时局的意见，他去了。对于拟任他为兵部侍郎，一再力辞。金人要韩侂胄的脑袋，韩大怒，欲再次用兵，急召辛弃疾赴任"枢密都承旨"。诏令到铅山，辛弃疾病已沉重，只得上章请辞。南宋开禧三年（1207年）九月初十，辛弃疾离开人世，享年六十八岁。比陆游还早了三年。

死后葬在上饶市三山。

六十年后，一个叫谢枋得的（文天祥同科进士）作《祭辛稼轩先生墓记》云："使公生于艺祖（赵匡胤）、太宗时，必旬日取宰相"。但不幸生在南宋，"入仕五十年，在朝不过老从官，在外不过江南一连帅"。围绕辛弃疾多次被言官弹劾"贪酷"，指出这都是些"腐儒"，使得"忠义第一人，生不得行其志，没无一人明其心"。"此朝廷一大过，天地间一大冤"。

鞠菀："这等人物出现在国家危急之秋，本是生逢其时，若朝廷善用之，必能建立盖世功业，却被南宋官场蹉跎终老。虚负凌云万丈才，一生襟抱未曾开。哀哉稼轩！惜哉稼轩！痛哉稼轩！

在辛弃疾手中，词这种体裁被发扬光大到了顶峰，几乎无事不能入词。文字风格也变化多端，既有'八百里分麾下炙，五十弦翻塞外声'这种严整的对仗，也有'甚矣吾衰矣'这种语出典籍的虚词，还有'天下英雄谁敌手？曹刘'这种自问自答，已经达到了从心所欲不逾矩的境界。另外他善写语意连贯的长句，'以文入词'，同时节拍鲜明韵律铿锵，保持了很强的音乐感。这些特点被人称为'稼轩体'，整个南宋词坛都深受其影响。"

第十三章 亘古男儿一放翁——陆游

第十三章　亘古男儿一放翁——陆游

【陆游】（1125—1210）字务观，号放翁，浙江山阴（今绍兴）人。出身山阴望族，官宦世家，江南第一藏书之家。母唐氏是北宋宰相唐介的孙女。

出生次年靖康之难（"我生学步遭丧乱"）。父陆宰时任京西转运副使，全家开始逃亡（"儿时万死避胡兵"）。逃亡结束，回到故乡山阴时，他已9岁。

在战乱中长大的孩子，自幼受到不一样的熏陶。他有文说：幼时常看到父辈"相与言及国事，或裂眦嚼齿，或流涕痛哭，人人自期以杀身翊戴王室"。（《跋傅给事帖》）

二十岁就立志"上马击狂胡，下马草军书"。（《观大散关图有感》）年轻时他有足够的时间练得一身好武艺。

（一）科考

19岁参加科考，所写文章力主抗金，恢复中原。被以"喜论恢复"为由取消名次。后来因父丧等原因，一直到28岁参加锁厅考试，名列第一，居秦桧之孙前头。秦大怒，欲降罪主考。次年（1154年）的殿试，陆游就被取消考试资格。那一次中举的有张孝祥、虞允文、范成大、杨万里等。状元是张孝祥，高宗钦点的。仍不是秦桧的孙子。

（二）《钗头凤》

1144年娶唐琬为妻（据考证并非表妹）。次年唐琬被婆婆逐出家门，原因据说是陆母不满二人过于恩爱，荒疏了学业。另说是没有生育。陆游另筑别院安置唐琬。又次年被陆母发觉，严令二人断绝来往，并为陆游另娶王氏为妻。1148年王氏生了孩子（王氏一生养育七子一女），唐家将唐琬嫁与赵士程。

几年以后，陆游在绍兴城外的沈园散心，与唐琬和赵士程偶遇。陆游在粉墙上题下《钗头凤》。传唐琬和了一首《钗头凤》。次年，唐病故。

钗头凤

红酥手，黄滕酒，满城春色宫墙柳。东风恶，欢情薄。一怀愁绪，几年离索。错、错、错。　　春如旧，人空瘦，泪痕红浥鲛绡透。桃花落，闲池阁。山盟虽在，锦书难托。莫、莫、莫。

一般将红酥手解释为女子娇嫩的手。但根据分析，不可能是唐琬亲自送交到他的手上，红酥手应该是指佛手形的点心。唐琬派下人送去了点心和酒。

高宗逃亡时曾以山阴为都，因此有"宫墙"。

钗头凤（唐琬和词）（存疑）

世情薄，人情恶，雨送黄昏花易落。晓风干，泪痕残。欲笺心事，独语斜阑。难、难、难。　　人成各，今非昨，病魂常似秋千索。角声寒，夜阑珊。怕人寻问，咽泪装欢。瞒、瞒、瞒。

（三）楼船夜雪瓜洲渡

1162年高宗禅位于赵眘，是为孝宗。上一年金帝完颜亮集其全国兵力南侵，欲"立马南山第一峰"，被虞允文在采石打败。金军又东移镇江北岸。见对岸宋军严阵以待，完颜亮又下了死命令，这些军人干脆把完颜亮杀了。金国后方空虚，北方被占区民众趁机起义。形势一片大好。

孝宗即位以后，以其师史浩为相，为岳飞平反，召回主战派官员，把秦桧的党羽驱逐出朝廷，任命陆游为枢密院编修官，赐进士出身。是年陆游诗酒唱酬，交游益广。

孝宗受采石大捷的鼓舞，准备北伐。陆游被派往镇江任通判。

1164年朝廷以张浚为都督，主持北伐。起初宋军在出击中取得一些胜利，收复了安徽的一些城市。后来因将领之间不和，而金之援兵大至，最终兵败符离。

其后陆游受邀与镇江知府方滋同游多景楼，赋《水调歌头·多景楼》。张孝祥书而刻之崖石。这时张浚已经去世。

水调歌头·多景楼

江左占形胜，最数古徐州。连山如画，佳处缥缈著危楼。鼓角临风悲壮，烽火连空明灭，往事忆孙刘。千里曜戈甲，万灶宿貔貅。　　露沾草，风落木，岁方秋。使君宏放，谈笑洗尽古今愁。不见襄阳登览，磨灭游人无数，遗恨黯难收。叔子独千载，名与汉江流。

多景楼在镇江北固山上甘露寺内。

"襄阳""遗恨"：东晋时羊祜出镇襄阳，曾登临悲歌。其志在灭吴而未完成，故曰"遗恨"。叔子是羊祜的字。陆游希望方滋也如叔子那样建万世之奇勋，垂名千载。

（四）第一次罢官（1166—1170）

主和派弹劾说张浚北伐是陆游策划鼓励的，陆游被罢官还乡（被"甩锅"了），赋闲4年。居绍兴镜湖之三山村。居家期间写了很多诗词。

游山西村（七律）

莫笑农家腊酒浑，丰年留客足鸡豚。
山重水复疑无路，柳暗花明又一村。
箫鼓追随春社近，衣冠简朴古风存。
从今若许闲乘月，拄杖无时夜叩门。

罢官归里，苦闷激愤；然而还没有心灰意冷。还有希望和光明。颔联为人人称颂的名句。陆游诗中很多传世名句。

鹧鸪天

懒向青门学种瓜，只将渔钓送年华。双双新燕飞春岸，片片轻鸥落晚沙。　　歌缥缈，舻呕哑，酒如清露鲊如花。逢人问道归何处，笑指船儿此是家。

强作笑颜与旷达，心中是挥之不去的阴霾。

鹧鸪天

家住苍烟落照间，丝毫尘事不相关。斟残玉瀣行穿竹，卷罢《黄庭》卧看山。（瀣音谢。玉瀣：美酒）　　贪啸傲，任衰残，不妨随处一开颜。元知造物心肠别，老却英雄似等闲。

虽极写隐居之闲适，但抑郁不平之气仍然按捺不住。

卜算子·咏梅

驿外断桥边，寂寞开无主。已是黄昏独自愁，更著风和雨。　　无意苦争春，一任群芳妒。零落成泥碾作尘，只有香如故。

写失意的英雄志士的兀傲形象。

（五）铁马秋风大散关——入蜀（1170—1177）

1170年赴夔州任，携家眷由山阴逆流而上，采撷沿路风土民情，作《入蜀记》六卷。时已46岁，系被朝廷征召为夔州通判，主管学事兼管内劝农事。正逢范成大奉使赴金，二人曾会于金山。

在夔州任上，陆游没多久即对通判一职感到厌倦，时有思归之作（蜀江朝暮东南注，我独胡为淹此留）。《木兰花》作于即将三年任满之际：

木兰花·立春日作

三年流落巴山道，破尽青衫尘满帽。身如西瀼渡头云，愁抵瞿塘关上草。　　春盘春酒年年好，试戴银幡判醉倒。今朝一岁大家添，不是人间偏我老。

1172年应川陕宣抚使王炎之邀，赴其驻地汉中幕府任职。

南宋初期，吴玠、吴璘兄弟守蜀，保住了大宋半壁江山。吴璘有一个儿子吴挺，自幼聪慧，深得高宗喜爱，留在朝中任职。完颜亮背盟南侵时，只有二十五岁的吴挺参加了收复西北三路的战斗，表现非常出色。之后在鄂州统领诸军。

高宗末年吴璘病逝，朝廷在是否调吴挺回去任职一事上产生了分歧。许多人反对四川军权形成吴氏世袭。

所以，虞允文这一时期频繁入川。孝宗布局四川，没有用吴挺。虞允文入朝为相时，则派了王炎去。王炎是文人中坚决的主战派，1169年被派代替虞允文为四川宣抚使。

陆游十分兴奋，一路吟诗。对于命运不济、仕途蹉跎的陆游来说，汉中前线的一切都是如此的新鲜活泼，令他兴奋，令他耳目一新。作为王炎的重要幕僚，他多次陪同王炎检阅军队，也常有机会在军士前展示自己的武功。

陆游曾经在汉中前线刺虎，是真实的历史，而且不止一次。有近30首诗说到。

所以认为陆游只是一个文人，嘲笑他打仗只是喊喊而已，是低估他了。只因为他的文名太高，而带兵打仗的能力却被忽视了。

只有短短的八个月。他的足迹遍及秦岭巴山中的条条栈道；翻越大散关，深入敌后的渭河北岸侦察，蹚过结冰的渭水，与金兵遭遇；多次经过褒斜道，他看到当年张良建议刘邦烧毁的栈道，想到刘邦君臣在汉中建立的伟业。

陆游的这些所见所闻所感，在他的诗句中都有相送描述。特别是下面这首诗。在他初来汉中观看地图时就已经勾勒出了一整套驱逐金人、收复中原的战略计划：

观大散关图有感

上马击狂胡，下马草军书。
二十抱此志，五十犹癯儒。
大散陈仓间，山川郁盘纡。
劲气钟义士，可与共壮图。
坡陀咸阳城，秦汉之故都。
王气浮夕霭，宫室生春芜。
安得从王师，汛扫迎皇舆？

> 黄河与函谷，四海通舟车。
> 士马发燕赵，布帛来青徐。
> 先当营七庙，次第画九衢。
> 偏师缚可汗，倾都观受俘。
> 上寿大安宫，复如正观初。
> 丈夫毕此愿，死与蝼蚁殊。
> 志大浩无期，醉胆空满躯。

他提出"收复中原必须先取长安，取长安必须先取陇右"。

他为王炎献计献策，起草重要文件《平戎策》上报朝廷；他要王炎在汉中积蓄军粮，训练队伍，做好一切准备，随时可以进攻。

作《秋波媚》：

秋波媚·七月十六日晚登高兴亭望长安南山

秋到边城角声哀，烽火照高台。悲歌击筑，凭高酹酒，此兴悠哉！　　多情谁似南山月，特地暮云开。灞桥烟柳，曲江池馆，应待人来。

兴奋的心情，溢于言表。长安父老在等待亲人的到来啊！

然而陆游的军旅生活只有短短八个月。朝廷否决了《平戎策》，王炎被召回朝廷任枢密使，汉中幕府解散，陆游调任成都路府安抚司参议官离开汉中，从此再未回来过。

大散关一带的军旅生活是陆游一生中唯一的一次亲临抗金前线的军事实践。虽只有八个月，却给他留下了终生难忘的记忆。以后写过很多诗词来回忆纪念。

"念昔少年时，从戎何壮哉！独骑洮河马，涉渭夜衔枚。"（《岁暮风雨》）

"我昔从戎清渭侧，散关嵯峨下临贼。铁衣上马蹴坚冰，有时三日不火食……"（《江北庄取米到作饭香甚有感》）

艰苦的军旅生活，在他的回忆中，充满了豪情与兴奋。

夜游宫·记梦寄师伯浑

雪晓清笳乱起。梦游处、不知何地。铁骑无声望似水。想关河，雁门西，青海际。　　睡觉寒灯里。漏声断、月斜窗纸。自许封侯在万里。有谁知，鬓虽残，心未死。

封侯在万里：汉班超投笔从戎，后在西域建立大功，封定远侯。作者自己许下诺言要效法班超。

谢池春

壮岁从戎，曾是气吞残虏。阵云高、狼锋夜举。朱颜青鬓，拥雕戈西戍。笑儒冠、自来多误。　　功名梦断，却泛扁舟吴楚。漫悲歌、伤怀吊古。烟波无际，望秦关何处？叹流年，又成虚度。

上片怀旧，慷慨悲壮；下片写今，沉痛深惋。

诉衷情

当年万里觅封侯。匹马戌梁州。关河梦断何处？尘暗旧貂裘。　　胡未灭，鬓先秋，泪空流。此生谁料，心在天山，身老沧洲。

沧洲：水边。古时隐者住的地方。陆游晚年住在绍兴镜湖边的三山。

王炎在川陕前线干得很出色，为什么被匆匆调回？为什么幕僚均被解散？陆游在军中的八个月写了大量的诗词，尤其是诗篇。但是为什么流传下来的那么少？为什么我们看到的多数是后来的回忆？

原来王炎和陆游所做的一切并不是孝宗所想要的。都说"天意高难问"，孝宗的口更是难开。上面有太上皇盯着，甚至对他说：你要打等我死了。他想打又没人帮他拿出一个好的方案来。而且金朝此时即位的完颜雍又是一个被称为小尧舜的英明之主。

还有，据说王炎"与宰相虞允文不相能，屡乞罢归……"

不久，就有人告王炎"欺君"而致其罢官。

陆游有大量诗歌赞誉王炎，歌颂军前生活。这样的诗自是不敢保存了。据他自己说都丢失了："舟行过望云滩，坠水中。"

以后几年，陆游在蜀州、嘉州、荣州等地任通判、代理州事、主持州考等。初有四川宣抚使虞允文的推荐。后虞允文去世，范成大任四川制置使（掌管边防军务），又举荐陆游任他的参议官。二人本是好友，此时更是诗歌唱和，相得甚欢。

双头莲·呈范至能待制

华鬓星星，惊壮志成虚，此身如寄。萧条病骥。向暗里、消尽当年豪气。梦断故国山川，隔重重烟水。身万里，旧社凋零，青门俊游谁记？　　尽道锦里繁华，叹官闲昼永，柴荆添睡。清愁自醉。念此际，付与何人心事。纵有楚柁吴樯，知何时东逝？空怅望，鲙美菰香，秋风又起。

范成大字至能，曾任敷文阁待制。
上阕回忆过去在京城的欢聚，下阕说在这里一天闲得没事干，不免想念故乡。

南宋主和势力诋毁陆游"不拘礼法""燕饮颓放"。陆游想，你们说我颓放，我就当个放翁，总比明哲保身的庸人强。从此自号"放翁"。范迫于压力将其免职。陆游奉命主管道观，以祠禄维持家人生计。并在杜甫草堂附近开辟菜园，躬耕蜀州。1176年作《病起书怀》：

病起抒怀（七律）

病骨支离纱帽宽，孤臣万里客江干。

位卑未敢忘忧国，事定犹须待阖棺。

天地神灵扶庙社，京华父老望和銮。

出师一表通今古，夜半挑灯更细看。

虞允文于1174年在四川去世，孝宗再也无人可用，只好放弃北伐计划，转向建设经济。

范成大于1177年离蜀还朝，陆游送了十天。

吴挺重回四川执掌兵权。陆游不久也东返了。

（六）独去作江边渔父

1178年2月陆游东返，此时他已经54岁了。在蜀时许多诗篇流传甚广，诗名日盛，受到孝宗召见。东归后数次任职，又因开仓赈济灾民、提建议等或被罢官，或被革职。《沁园春》《鹊桥仙》作于归家期间。

沁园春

孤鹤归飞，再过辽天，换尽旧人。念累累枯冢，茫茫梦境，王侯蝼蚁，毕竟成尘。载酒园林，寻花巷陌，当日何曾轻负春。流年改，叹围腰带剩，点鬓霜新。　　交亲散落如云。又岂料如今余此身。幸眼明身健，茶甘饭软，非惟我老，更有人贫。躲尽危机，消残壮志，短艇湖中闲采莼。吾何恨，有渔翁共醉，溪友为邻。

回到故乡，就像传说中丁令威回到辽东故乡一样，已经物是人非了。自己也是老了！这些年仕途坎坷，功业无成。豪情壮志消磨殆尽。如今归来，与渔翁溪友相伴……看似轻松旷达，其实流露出更多的无奈。

鹊桥仙

华灯纵博，雕鞍驰射，谁记当年豪举？酒徒一半取封侯，独去作江边渔父。　　轻舟八尺，低篷三扇，占断苹洲烟雨。镜湖元自属闲人，又何必官家赐与！

"镜湖"句：指唐贺知章还乡里为道士，玄宗皇帝赐他镜湖为放生池一事。

全词表面作消沉颓唐之语，骨子里却十分愤激。

罢官五年后，又奉诏入京，被任命为严州知州，赴任前于西湖边客栈等候面圣，作《临安春雨初霁》。

临安春雨初霁（七律）

世味年来薄似纱，谁令骑马客京华？

小楼一夜听春雨，深巷明朝卖杏花。

矮纸斜行闲作草，晴窗细乳戏分茶。

素衣莫起风尘叹，犹及清明可到家。

和作者其他诗不同：没有豪唱，没有悲鸣，没有愤愤之语，也没有盈盈酸泪。有的只是难解的郁闷和一声轻叹。

颔联为陆游名句。绵绵春雨是听到的；和风潇荡的春光则是在卖花声里。

任上"重赐蠲（音捐）放，广行赈恤，深得百姓爱戴。利用闲暇整理《剑南诗稿》，写《书愤》。两年后任满，升为军器少监，再次入京。

书愤（七律）

早岁那知世事艰，中原北望气如山。
楼船夜雪瓜洲渡，铁马秋风大散关。
塞上长城空自许，镜中衰鬓已先斑。
出师一表真名世，千载谁堪伯仲间。

何曾想过杀敌报国之路竟会如此艰难？
追慕先贤的业绩，爱国热情至老不移。
句句是愤，字字是愤。以愤为诗，诗便尽是愤。

1189年，孝宗禅位于赵惇（光宗）。陆游上疏，提出治理国家、完成北伐的系统意见，力图大计，以恢复中原。光宗召来陆游提拔为礼部郎中。仍是由于"喜论恢复"，被弹劾"不合时宜"，主和派群起攻之，最终被削职罢官，退隐山阴故居长达十二年。期间"身杂老农间"，和他们一起劳动，为他们的孩子看病。同时还写了不少表现农村生活的诗歌。

十一月四日风雨大作（七绝二首）

其一

　　风卷江湖雨暗村，四山声作海涛翻。
　　溪柴火软蛮毡暖，我与狸奴不出门。

其二

僵卧孤村不自哀，尚思为国戍轮台。

夜阑卧听风吹雨，铁马冰河入梦来。

（七）余年都付与了沈园的断壁残垣

四十年来风风雨雨，忧国忧民，请原谅我没有顾及你。1192年，六十八岁的陆游偶然来到阔别四十年的沈园，写诗一首。

禹迹寺南有沈氏小园（七律）

禹迹寺南有沈氏小园，四十年前尝题小词一阕壁间。偶复一到而园已三易主，刻小阕于石，读之怅然。

枫叶初丹槲叶黄，河阳愁鬓怯新霜。

林亭感旧空回首，泉路凭谁说断肠。

坏壁醉题尘漠漠，断云幽梦事茫茫。

年来妄念消除尽，回向蒲龛一炷香。

旧事漠漠，后梦茫茫，万念俱灰。何以表达这种刻骨铭心的思念呢？唯有把它化作一缕幽香，也许它会飘向泉台，去抚慰她的灵魂吧？

沈园（七绝二首）

其一

城上斜阳画角哀，沈园非复旧池台。

伤心桥下春波绿，曾是惊鸿照影来。

其二

> 梦断香销四十年，沈园柳老不吹绵。
>
> 此身行作稽山土，犹吊遗踪一泫然。

四十多年往事已缈，寻找着当年的一个个踪迹，已经景物全非。我已经风烛残年，即将成为会稽山上一抔土，但凭吊故地，仍是潸然泪下，不能自已。

十二月十二日梦游沈氏园亭（七绝二首）

其一

> 路近城南已怕行，沈家园里更伤情。
>
> 香穿客袖梅花在，绿蘸寺桥春水生。

其二

> 城南小陌又逢春，只见梅花不见人。
>
> 玉骨久成泉下土，墨痕犹锁壁间尘。

八十二岁时作。

字里行间，充满着眷恋和相思，流露出不堪回首的无奈与绝望。一段真情，至死不渝；一个爱人，至死难忘。

1202年韩侂胄专权，欲兴师北伐，诏陆游入京。可能因为陆游一贯主战。但是韩见到的是一位快八十的老翁，也只好让他留下修国史，任实录院同修撰一职，主持编修孝宗、光宗《两朝实录》和《三朝史》，并免去上朝请安之礼。（陆游是史学家，在蜀时就业余修了《南唐书》。）次年国史编纂完成，宁宗升陆游为宝章阁待制，即在此职位上退休。总算有了一个比较体面的"职称"。

韩侂胄准备北伐，起用辛弃疾为绍兴知府兼浙东安抚使，陆游这时正在家乡，两位文学大家首次见面。

陆游不时写诗支持韩侂胄。然而韩侂胄的北伐却以失败告终。

陆游回到家乡，"游沈氏园，怅触旧情，赋诗感叹。秋来甚健，时常出游。"最后一次到沈园，写诗。84岁的陆游身体很好。

春游（七绝）

沈家园里花如锦，半是当年识放翁。

也信美人终作土，不堪幽梦太匆匆。

大限将至，放不下的还是那个人，忘不了的还是那段情。

1210年（86岁）在山阴去世。留下绝笔：

示儿（七绝）

死去元知万事空，但悲不见九州同。

王师北定中原日，家祭无忘告乃翁。

1276年宋灭于元。之后几十年间，陆游的后代子孙有的忧愤而卒，有的不食而卒，有的蹈海殉国，玄孙来孙杜门不仕，拒绝元朝征辟。可谓一门忠烈。

"来孙却见九州同，家祭如何告乃翁？"

一生诗作存留9300多首（"六十年间万首诗"）、词一百多首。诗词中展现的是怀才不遇、长期受主和派打击、报国无门的悲愤。

有人认为他的一生都是失败的。他一生执着于的爱情、从军北伐，都没有得到。有人嘲笑他是书生谈兵，成不了事，只是一个可怜巴巴的，留给后世大量诗作的诗人。

陆游的诗、词、文、书法俱佳。"他的词和他的诗同样贯穿了爱国主义精神，有力地反映了作者'气吞残虏'（《谢池春》）的雄心大志和'胡未灭，鬓先秋'（《诉衷情》）的感慨不平，它的质量不容许我们把它列于次要的地位。词里表现的风格又是多种多样的。"（胡云翼）

宋末文坛领袖刘克庄："放翁长短句，其激昂感慨者，稼轩（辛弃疾）不能过。飘逸高妙者，与陈简斋（与义）、朱希真（敦儒）相颉颃；流丽绵密者，欲出晏叔原（几道）、贺方回（铸）之上。"

梁启超读他的诗集后称赞他："诗界千年靡靡风，兵魂销尽国魂空。集中什九从军乐，亘古男儿一放翁。"

第十四章 辛派词人

第十四章　辛派词人

（一）陈亮

【陈亮】（生平简介见第十二章）

水调歌头·送章德茂大卿使虏

不见南师久，漫说北群空。当场只手，毕竟还我万夫雄。自笑堂堂汉使，得似洋洋河水，依旧只流东？且复穹庐拜，会向藁街逢！　尧之都，舜之壤，禹之封。于中应有，一个半个耻臣戎！万里腥膻如许，千古英灵安在，磅礴几时通？胡运何须问，赫日自当中。

1186年3月，户部尚书章森（字德茂）等人被派往金国贺万春节，陈亮写下此词。"自从宋孝宗初年北伐失败、'隆兴和议'订立屈辱条款之后，二十年来化干戈为玉帛，恢复中原的大计早已束之高阁。章森这次担任例行的庆贺使节到金国去，不是什么光彩的使命，说不上什么意义。词中对章森寄以殷切的期望，只是作者借以宣泄心头反对和议的块垒。这首词的特点在于通篇都洋溢着强烈的民族自豪感和胜利信心。"（胡云翼）

孝宗淳熙十五年（1188）春，陈亮到建康和镇江考察形势，准备向朝廷陈述北伐的策略。正值孝宗决定内禅，奏疏未得上报。这一年冬天陈亮访辛弃疾于鹅湖。《念奴娇》是其在

镇江考察形势时所写:

念奴娇·登多景楼

危楼还望,叹此意、今古几人曾会。鬼设神施,浑认作、天限南疆北界。一水横陈,连岗三面,做出争雄势。六朝何事,只成门户私计。　　因笑王谢诸人,登高怀远,也学英雄涕。凭却长江,管不到,河洛腥膻无际。正好长驱,不须反顾,寻取中流誓。小儿破贼,势成宁问疆场。(疆场,一作强对)

"小儿破贼":东晋淝水之战谢玄得胜消息报来时,叔父谢安正在下棋,友人问及,只淡淡说了一句:"小儿破贼。"

这是一篇有政论色彩的词:纵论时弊,痛快淋漓。

水龙吟·春恨

闹花深处层楼,画帘半卷东风软。春归翠陌,平莎茸嫩,垂杨金浅。迟日催花,淡云阁雨,轻寒轻暖。恨芳菲世界,游人未赏,都付与、莺和燕。　　寂寞凭高念远。向南楼、一声归雁。金钗斗草,青丝勒马,风流云散。罗绶分香,翠绡封泪,几多幽怨。正销魂,又是疏烟淡月,子规声断。

伤春念远之作。春光烂漫,却无人赏。过往繁华、旧日同伴已风流云散。

陈亮词总体倾向豪迈,少涉儿女情。此词表面写春恨,但于婉约中不失刚劲苍凉。或认为此词另有怀抱,寄托了恢复之志。清代刘熙载《艺概》亦评其"言近旨远,直有宗留守大呼渡河之意。"（宗泽临死大呼"渡河"）

（二）刘过

【刘过】（1154—1206）字改之，自号龙洲道人，吉州太和（今属江西）人。少怀志节，好论兵，曾多次上书朝廷陈恢复大计。屡试不第，流落江湖。曾与陆游、陈亮、辛弃疾等交游，布衣终身。有《龙洲词》，存词七十余首。

六州歌头

镇长淮，一都会，古扬州。升平日，珠帘十里春风、小红楼。谁知艰难去，边尘暗，胡马扰，笙歌散，衣冠渡，使人愁。屈指细思，血战成何事？万户封侯。但琼花无恙，开落几经秋。故垒荒丘。似含羞。　　怅望金陵宅，丹阳郡，山不断绸缪。兴亡梦，荣枯泪，水东流，甚时休？野灶炊烟里，依然是，宿貔貅。叹灯火，今萧索，尚淹留。莫上醉翁亭，看濛濛雨，杨柳丝柔。笑书生无用，富贵拙身谋。骑鹤东游。

在扬州的感怀之作。前段写扬州经过敌人骚扰后的萧条景象；后段吊古伤今，交织着国事沧桑和个人身世飘零之感。血战所成就的只是将军们的"万户封侯"。

唐多令·重过武昌

芦叶满汀洲，寒沙带浅流。二十年重过南楼。柳下系船犹未稳，能几日，又中秋。　　黄鹤断矶头，故人今在否？旧江山浑是新愁。欲买桂花同载酒，终不似，少年游。

又题作："安远楼小集，侑觞歌板之姬黄其姓者，乞词于龙洲道人，为赋此《唐多令》。"

南楼在武昌黄鹤山上。矶：临江的山崖。

二十年前安远楼落成，文人骚客雅集，乃一时盛事。二十年后故地重游，山河旧，人事非，感慨无端，因作此词。

（三）刘克庄

【刘克庄】（1187—1269）字潜夫，号后村居士，福建莆田人。出身世家，得补官。做县令时写了一首《落梅》诗，被指为讪谤当国权臣被免官。之后起起落落二十余年，至六十岁时理宗皇帝赐他同进士出身，才算被起用。后来做到工部尚书、龙图阁学士。他在南宋后期词人中年寿最长，成就也最大。晚年致力于辞赋创作，提出了许多革新理论，在南宋号称**一代文宗**，是宋末文坛领袖。

嘉定和议之后，他写了一首七绝《戊辰即事》：

戊辰即事（七绝）

诗人安得有青衫，今岁和戎百万缣。
从此西湖休插柳，剩栽桑树养吴蚕。

刘克庄的词继承了辛派词人的豪放风格。他着重发展了词的散文化、议论化，说理叙事，运用得非常自由。如下面这首《贺新郎》：

贺新郎·送陈子华赴真州

北望神州路。试平章、这场公事，怎生分付。记得太行兵百万，曾入宗爷驾驭。今把作、握蛇骑虎。君去京东豪杰喜，想投戈、下拜真吾父。谈笑里，定齐鲁。 　　两河萧瑟惟狐兔。问当年、祖生去后，有人来否？多少新亭挥泪客，谁梦中原块土？算事业、须由人做。应笑书生心胆怯，向车中、闭置如新妇。空目送，塞鸿去。

真州，今江苏仪征，在长江以北，是当时国防前线，故词中对将赴真州的友人寄以收复失地的厚望。宗爷即宗泽。那时候宗泽手下有"太行兵百万"。

"想投戈"句：唐朝郭子仪当年只率领数十骑到回纥大营，回纥人一见大惊，放下武器，说：您就像我们的父亲一样。

贺新郎·九日

湛湛长空黑。更那堪、斜风细雨，乱愁如织。老眼平生空四海，赖有高楼百尺。看浩荡、千崖秋色。白发书生神州泪，尽凄凉、不向牛山滴。追往事，去无迹。 　　少年自负凌云笔。到而今，春华落尽，满怀萧瑟。常恨世人新意少，爱说南朝狂客。把破帽、年年拈出。若对黄花孤负酒，怕黄花、也笑人岑寂。鸿北去，日西匿。

写重阳风雨、千崖秋色，以抒发怀念中原故国和自伤老大的凄凉情绪。

满江红·夜雨凉甚，忽动从戎之兴

金甲雕戈，记当日、辕门初立。磨盾鼻、一挥千纸，龙蛇犹湿。铁马晓嘶营壁冷，楼船夜渡风涛急。有谁怜、猿臂故将军，无功级。　　平戎策，从军什，零落尽，慵收拾。把茶经香传，时时温习。生怕客谈榆塞事，且教儿诵《花间集》。叹臣之壮也不如人，今何及。

上半阕回忆1217年金军南侵樊城，自己在李珏军中担任军幕的生活。下半阕说的全是反话。自己虽然老了，也还是想着能够为国家解除危难。

第十五章 南宋之雅词

第十五章　南宋之雅词

南宋中后期：

1）豪气衰落；2）孝宗后期经济有所发展；3）一些文人高官退隐江湖（如范成大）；4）一批当年高级将领捞够了钱，或被以厚禄劝退，他们的后人成为了文人雅士（如张俊的后人）。

"宋室南渡，大晟遗谱莫传。于是音律之讲求，与歌曲之传习，不属之乐工歌妓，而属之文人与贵族所蓄之家姬；向之歌词为雅俗所共获听者，至此乃为贵族文人之特殊阶级所独享。故于辞句务崇典雅，音律益究精微；此南宋词之所以为'深'，而与北宋殊其归趣者也。"（龙榆生）

歌妓乐工归于私人，为歌词者多为贵人之门客，为上附雅好，其音律造句，较之北宋雅词便更深一层。姜夔、史达祖、吴文英、王沂孙等人皆是如此。这些文人的一个共同点是没有中举，又没有其他谋生本领。他们地位低微，故多寄情于词的曲折委婉之中，感叹身世，感怀家园，亦咏物而寄情题外。

（一）姜夔

【姜夔】（1155—1221）字尧章，号白石道人，出身于江西鄱阳的一个官宦家庭。十五六岁时父亡，二十岁起到处游览，结交名士，辗转湘鄂间十余年。四次应试不第，而诸多才艺已达较高水平。诗、词、文、书法、音乐、度曲、绘画等各方面均各成一家。他的词对后世一直到清代都有影响。

他比辛弃疾小十五岁，曾有过交集。有一词写于辛65岁任镇江知府时，认为辛会马到成功，一举扫灭金朝，收复中原。他也学写过辛派词，但由于身世不同，因而没有慷慨悲歌的激情，只有一些想说又不想多说的怨怅。《扬州慢》是他忧时怨乱的代表作：

扬州慢

淳熙丙申至日，予过维扬。夜雪初霁，荠麦弥望。入其城，则四顾萧条，寒水自碧，暮色渐起，戍角悲吟。予怀怆然，感慨今昔，因自度此曲。千岩老人以为有"黍离"之悲也。

淮左名都，竹西佳处，解鞍少驻初程。过春风十里，尽荠麦青青。自胡马窥江去后，废池乔木，犹厌言兵。渐黄昏，清角吹寒，都在空城。　　杜郎俊赏，算而今、重到须惊。纵豆蔻词工，青楼梦好，难赋深情。二十四桥仍在，波心荡、冷月无声。念桥边红药，年年知为谁生？

这首"自度曲"是姜夔二十二岁时路过扬州时写的。他引用了许多杜牧的名句。而如此美丽的扬州，在金主完颜亮南侵时被彻底洗劫摧毁。如今十五年了，还是满眼荠菜野麦丛生。桥边芍药也无人欣赏了。评论认为其中的"窥""厌"二字极为传神，无字可换。千岩老人即萧德藻。

姜夔三十岁第四次应试不第后，开始以其才艺结交名人。先是父亲的朋友、诗人萧德藻。萧非常欣赏他的才华，以侄女妻之。萧调任湖州，姜亦随行。在湖州时曾由萧的友人杨万里引荐，赴苏州拜谒范成大。

范成大是南宋名臣，张孝祥、虞允文的同科进士，曾出使金国而不堕国威。此时退居故乡苏州石湖，自号石湖居士。他对姜夔极为赞赏，说姜"翰墨人品似晋、宋间人物"。其间，姜作《暗香》《疏影》，自度新曲，工伎歌女奏唱于湖烟梅影之中。范大悦，赠歌妓小红于姜。二人在雪中乘舟南下回家，路过吴江垂虹桥时，白石作诗描绘当时的情境：

过垂虹（七绝）

自作新词韵最娇，小红低唱我吹箫。
曲终过尽松陵路，回首烟波十四桥。

垂虹是太湖入吴淞江（也叫苏州河）处的一座长桥；松陵：今吴江松陵镇。

暗香

辛亥之冬，予载雪诣石湖。止既月，授简索句，且征新声，作此两曲。石湖把玩不已，使工伎隶习之，音节谐婉，乃名之曰《暗香》《疏影》。

旧时月色，算几番照我，梅边吹笛。唤起玉人，不管清寒与攀摘。何逊而今渐老，都忘却、春风词笔。但怪得、竹外疏花，香冷入瑶席。　　江国，正寂寂，叹寄与路遥，夜雪初积。翠尊易泣，红萼无言耿相忆。长记曾携手处，千树压、西湖寒碧。又片片、吹尽也，几时见得？

以梅起兴，借梅喻人。全词在过去与现在之间不断转换，往复摇曳，结构空灵精致，意境清虚骚雅。

疏影

苔枝缀玉，有翠禽小小，枝上同宿。客里相逢，篱角黄昏，无言自倚修竹。昭君不惯胡沙远，但暗忆、江南江北。想佩环、月夜归来，化作此花幽独。　　犹记深宫旧事，那人正睡里，飞近蛾绿。莫似春风，不管盈盈，早与安排金屋。还教一片随波去，又却怨、玉龙哀曲。等恁时、重觅幽香，已入小窗横幅。

与《暗香》同咏梅，为姊妹篇，乃借梅的孤清幽独与无人怜惜，暗喻身世之慨。

姜夔还曾有过一个初恋情人，写过很多爱情词。他的爱情诗词写得不浮躁：

踏莎行

自沔东来。丁未元日，至金陵江上，感梦而作。

燕燕轻盈，莺莺娇软，分明又向华胥见。夜长争得薄情知？春初早被相思染。　　　别后书辞，别时针线，离魂暗逐郎行远。淮南皓月冷千山，冥冥归去无人管。

末二句为传世佳句，笔触清幽，意境冷寂，却蕴含永志难忘的深情。

老一辈故去之后，他又依附张俊曾孙张鉴、张镃等十年。做了一辈子清客，最终穷愁潦倒死去。

（二）史达祖

【史达祖】（1163—1220？）字邦卿，号梅溪，汴人。韩侂胄当国时，他是最亲信的堂吏，负责撰拟文书。韩败，史受到黥（音情）刑，贬死于贫困之中。他的词的特征在于咏物，某些细节用白描手法，写得清新、美丽。但是缺乏意境和风骨。

双双燕·咏燕

过春社了，度帘幕中间，去年尘冷。差池欲往，试入旧巢相并，还相雕梁藻井。又软语、商量不定。飘然快拂花梢，翠尾分开红影。　　　芳径，芹泥雨润。爱贴地争飞，竞夸轻俊。红楼归晚，看足柳昏花暝。应自栖香正稳，便忘了、天涯芳信。愁损翠黛双蛾，日日画阑独凭。

差（音疵）池：羽翼不齐貌。《诗经·邶风·燕燕》："燕燕于飞，差池其羽。"

为咏物名篇。清黄苏《蓼园词选》："借燕以见意亦未可定，而词旨倩丽，句句熨贴，匠心独造，不愧清新之目。"清王士禛赞曰：

"咏物至此，人巧极天工错矣。"

（三）吴文英

【吴文英】（约1200—约1260）字君特，号梦窗，四明（今浙江宁波）人。一生未第，游幕终身，于苏州、杭州、越州三地居留最久。曾先后为浙东安抚使吴潜及嗣荣王赵与芮门客。晚年困踬以死。

对于他的词，历来褒贬不一。他作词基本上是把音律用字放在作词的首要地位，重形式格律而忽视内容。词风幽隐密丽。近代词论家多以"姜词清空，吴词密丽"为二家词风特色。存词三百四十余首。

下面这首小令没有堆砌毛病：

唐多令·情别

何处合成愁。离人心上秋。纵芭蕉、不雨也飕飕。都道晚凉天气好，有明月、怕登楼。　　年事梦中休，花空烟水流。燕辞归、客尚淹留。垂柳不萦裙带住，漫长是、系行舟。

客中思归怀人之作。"心"上"秋"，合成一个"愁"字。
"燕辞归"句：曹丕《燕歌行》："群燕辞归鹄南翔，念君客游思断肠。慊慊思归恋故乡，君何淹留寄他方？"

八声甘州·灵岩陪庾幕诸公游

渺空烟四远，是何年、青天坠长星？幻苍崖云树，名娃金

屋，残霸宫城。箭径酸风射眼，腻水染花腥。时靸双鸳响，廊
叶秋声。　　宫里吴王沉醉，倩五湖倦客，独钓醒醒。问苍波无
语，华发奈山青。（苍波一作苍天）水涵空、阑干高处，送乱
鸦、斜日落渔汀。连呼酒、上琴台去，秋与云平。

为吴文英在苏州幕府任上与同僚游灵岩山时，因见吴宫旧迹，感
今怀古之作。

名娃即西施。琴台，在灵岩山上，为吴国遗迹。

第十六章 蒙古崛起与南宋灭亡

蒙元崛起、宋亡
1220~1280
刘克庄、文天祥……

1220	1225	1230	1235	1241
南宋 宁 宗	理 宗	赵	昀	端平入洛
蒙元	灭西夏	窝阔台	金亡南侵	
	铁木真死	攻河南		
刘克庄 1187-1269	贺新郎			
	涉江湖诗案			
		刘辰翁 1232~1297		
			文天祥 1236~1282	
		邓剡 1232~1303		

1240	1245	1250	1255	1260
南宋	理 宗	赵	昀	
蒙元	余玠入川		蒙哥	蒙哥死 忽必烈
	窝阔台死		即位	
刘克庄	起用			1262 工部尚书
	赐同进士			1268 右图阁学士
刘辰翁				
宋末爱国词人				
邓剡				
文天祥			状元	
			陆秀夫 谢枋得 同榜	

1260	1265	1270	1275	1280
南宋 理宗	度 宗	赵	㬎 恭帝	端宗赵昰 起昺
蒙元	迁都 似道专权	建元朝	贾冠 南宋亡	忽必烈
	大都	围襄阳	世祖	取临安 以病留
邓剡 进士			参加	《醉江月》
文天祥			毁家纾难	孤军战斗 1283
			丞相 被捕逃脱	被捕 被杀
蒋捷			进士	
1245-1305				隐居不仕

作者手绘人物事件轴

238

第十六章　蒙古崛起与南宋灭亡

（一）蒙古崛起

蒙古本是大漠南北许多游牧部落中的一个，唐代称为蒙兀室韦。

塞外民族若要入主中原，其政治中心必须迁至中原地带，全面汉化。然而这样做的结果是对北方草原的管控力度下降，造成北方民族崛起的不可控。北魏时的柔然，辽时的金，莫不如此。

正是由于草原的特性，中央政权无法实施农耕民族的管理方法。金人对于崛起的蒙古各部，便利用各部之间的矛盾，从中挑拨，以行分化瓦解、羁縻管控。

这个办法，以前辽国对金人用过。金人也用此法对待蒙古人。实施过程中导致的血海深仇，一旦各部觉醒，才发现仇人究竟是谁。

12世纪末，蒙古部出现了一个杰出的领袖铁木真，把草原各部落都统一在了蒙古部之中。铁木真1206年被拥为大汗，称"成吉思汗"。是他第一次在草原上建立了一个统一的国家蒙古国。

1211年起，成吉思汗就以复仇为由（他的伯父曾被另一部落绑送给金国杀掉），大举向金国进攻。这时金国已腐败不堪，野狐岭（张家口以北）一战，金一败涂地。到1213年，整个黄河以北地区除几个大城市外，都被蒙古军占领。金求和，同样也是进贡了大量金帛、马匹和童男童女。1214年，金把中都从燕京迁到汴京。第二年，金的大片地区都丧失了，只剩下黄河以南一点地方。

金国统治者历来视南宋如草芥，如今在蒙古那边丢掉了疆土，就想夺取南宋的国土来补偿。1217年，蒙军主力在成吉思汗率领下西征，暂时放松了对金的进攻，金国统治者便于此时发兵攻宋。不知是南宋作战能力有所提高，还是金兵越来越不行了，在淮河、川陕，他们多次入侵，均无所进展，反而损兵折将。

成吉思汗起初对西边的花剌子模王国并无侵略意图，只是想和他们开展贸易活动。可是对方边境大将却把派去的蒙古商队杀了。再派使节团前往交涉，又被杀了一半，逐回一半。于是铁木真暂时放下金国，亲率大军西征。为了肃清道路，派大将哲别攻击辽国西迁后残存的西辽。辽帝国在一击之下立即覆亡，距耶律阿保机立国303年。

灭花剌子模后，继续南下，消灭了位于今阿富汗及伊朗东部的几个古老王国。历时八年的这次西征，激发了铁木真和他的儿子们原先并没有的野心，决定迅速征服西夏和金。

归途中进攻西夏。这个曾使北宋筋疲力尽的顽强小邦进行了惨烈抵抗。后来铁木真将李姓王族全部屠杀。

铁木真在六盘山突然去世。临终前嘱咐身旁的小儿子托雷，说宋帝国和金是世仇，可以向宋借道，两路包围汴京。宋没有招惹他，他没有报复宋朝的意图。

铁木真有四个儿子：术赤、察合台、窝阔台和托雷。1229年，窝阔台继承了汗位。

（二）联蒙灭金

金蒙战争开始之初，蒙古曾派骑兵三人渡淮河至濠州（今安徽凤阳）递交成吉思汗国书，希望与南宋合作，联合灭金。但南宋觉得事态重大，又有北宋联金灭辽的惨痛教训，将之拒绝。金蒙开战后，宋人虽已察觉到金已风雨飘摇，但教训还在。尽管有收复失地、灭亡金人的冲动，但在是否与蒙古联合的问题上，一直举棋不定。

最后促使南宋全面倒向蒙古的原因是：1）金每与蒙古交战不利，就南侵伐宋，把损失补偿回来。南宋在金人如此折腾之下，最终当了蒙古的盟友。2）金人丢弃河北、山东之后，收缩防线集结重兵于黄河一线，蒙古人很难突破。成吉思汗灭西夏后，感到灭金国比灭西夏难。他临终前嘱咐要借道于宋。

1231年，窝阔台准备进军汴梁，派托雷向宋借道过秦岭从另一面夹攻。托雷派出的使者走到沔州时被宋守将杀了。托雷即从大散关攻入宋境（不借我就拿了），至湖北进入金境，与窝阔台汇合，包围了汴京。

但是这次蒙军并没有成功。因为军中突然爆发了瘟疫。双方激战了十六个日夜后蒙古撤兵。染源带进城里，在汴京迅速蔓延，数以百万人死去。之后又迎来大饥荒，人相食。金哀宗于年末放弃汴京，逃亡蔡州。1233年蒙军重来，汴京城破。

蒙古派人到襄阳，请求宋朝援助，共同灭金。两国签订军事同盟：事成以后，宋可以收回淮河以南被金强占的地区，宋与蒙古，仍以淮河为界。

到年末，蒙军抵达蔡州城下。宋军派大将孟珙、江海率师二万、运米三十万石前去支援。蔡州被围数月，城中粮草断绝，1234年正月城陷，金哀宗上吊自杀。金立国120年，至此灭亡。

对于这件事，宋人、今人，均持两种看法。今天的学术研究一般认为，宋人联蒙灭金是明智之举，是基于国家利益采取的有效手段。

（三）南宋灭亡

【端平入洛】（南宋）
一百多年的深仇得报，宋全国狂欢。

金灭亡后，按订立的同盟，原金国统治的河南以淮河为界，西北州郡归蒙古，东南地区归南宋。蒙军主力撤回北方，南宋军队也撤回襄阳、信阳等地驻扎。

这时南宋朝内原先反对联蒙灭金的赵范、赵葵兄弟二人，大概因为灭金无功正后悔呢，便提出趁蒙军主力撤退之机出兵收复三京、拒守黄河及潼关的建议。宋理宗刚亲政不久，正想有一番作为，便不顾许多大臣反对，采纳了这个建议。1234年（端平元年）出兵占了洛阳，蒙古这时在洛阳全无守备。此即"端平入洛"。只一个月。等到蒙军南下，南宋仓促应战，结果自然是惨败。

"端平入洛"给蒙古提供了一个向南宋开战的口实——破坏协议。

在此之前，蒙古并无与宋为敌之意。江南纵横的河渠与水田，对于他们来说，实在是神奇与陌生。现在被宋的背盟与无端攻击所激怒，也就顺便把宋也列入它的征服名单。

1236年至1259年，铁木真的子孙们进行了第二、第三次西征，席卷了中东和东欧，蒙古帝国所属的四大汗国至此先后建立。而这一切，大宋帝国居然一点都不知道。

【大举南侵】（蒙）

1251年，成吉思汗的四子拖雷的儿子蒙哥即大汗位，正式开始大举南侵。蒙哥和弟弟忽必烈商量，他从西面绕道吐蕃（西藏）进攻云南大理；忽必烈渡淮河，向鄂州推进，合兵以后顺江而下进攻南宋。蒙哥于1258年灭了南诏，到达嘉陵江东岸的合州。

之前在蒙古退兵时，南宋在四川部署了防御，由大将余玠为四川制置使，兼知重庆府。余玠是南宋末年一位杰出的军事家。双方在合州及其周围展开历时半年的激战，蒙军没有得手。最终蒙哥中了飞矢死于军中，蒙军撤退。

另一路由忽必烈率领，于1259年渡淮河，抵黄陂，向鄂州推进。这时是贾似道负责长江一线的防务，屯兵汉阳，以援鄂州。但他却私自派人向忽必烈求和。蒙哥死讯传来，忽必烈急着回漠北争夺汗位，便和贾似道匆匆签订密约：以长江为界，南宋每年献银20万两、绢20万匹给蒙古。然后贾似道向朝廷谎报鄂州"战功"，之后施展了狡诈手段，得以独擅朝纲。

忽必烈于1260年被拥立为大汗。遣使通告南宋，并敦促履行鄂州城下和约条款。贾似道却扣押了使者，蒙古一再派人询问，均不予理睬。这就给了蒙古再次大规模南侵的口实。

只是这时忽必烈地位未稳，蒙古陷入长达数年的内讧与变乱。至1264年平定一切之后，把都城迁到大都（今北京），重新开始消灭南宋的计划，并于1269年开始行动。

1271年忽必烈率军包围襄阳。同年，建立了元朝。1276

年，取临安。南宋新即位的幼年皇帝恭帝、皇太后、太皇太后等以及许多官员和太学生均被押送大都。南宋王朝偏安150年，至此灭亡。

但是，南宋军民的抗元斗争并没有结束。在元兵入临安前夕，陆秀夫、谢枋得（他们和文天祥是同榜进士）等一些官员拥立宋度宗另外一个儿子赵昰（音是）及其弟四岁的广王赵昺（音丙）逃到温州，后又退到福州，赵昰病死，又立赵昺为皇帝，再退广东，以新会的崖山为据点，准备坚持长期斗争。

文天祥毁家纾难，应诏勤王，被俘逃脱，之后几乎是孤军战斗。最终于1278年末，在广东海丰北面的五坡岭被俘，被押解北上。（详见第十七章）

1279年正月，崖山防线被破，陆秀夫背起九岁的赵昺一起投海身亡。许多宫人和官员也跟着投海。一些人退到海陵岛，准备入广南继续坚持斗争，不幸遇到飓风，全部牺牲在海中。不愿降元的南宋军民企图保存宋室、恢复宋朝的努力，至此彻底失败。

成吉思汗和他的子孙们，灭金灭西夏，横扫欧洲，所向披靡。而灭宋，却用了四十多年，遇到这么多抵抗。若非一次次决策的错误、奸相如贾似道者的乱政、赵匡胤的后代们的昏庸无能等等，说是"积贫积弱"，还真是得掂量掂量呢！——这一段是我的感慨。

第十七章　末世悲歌

第十七章 末世悲歌

（一）文及翁

【文及翁】字时学，号本心，生卒不详。四川绵竹人。1253年中进士。此时蒙元已灭金二十年。曾官参知政事（副宰相）。宋亡不仕，闭门著书，有文集。

中举以后，众举子同游西湖。

文及翁与苏轼同是四川人。苏轼喜欢西湖，曾有诗云："我本无家更安往，故乡无此好湖山。"故而有人问文及翁：西蜀有此景否？文乃吟《贺新郎》：

贺新郎·游西湖有感

一勺西湖水。渡江来，百年歌舞，百年酣醉。回首洛阳花石尽，烟渺黍离之地。更不复、新亭堕泪。簇乐红妆摇画舫，问中流、击楫何人是？千古恨，几时洗？　　余生自负澄清志。更有谁、磻溪未遇，傅岩未起。国事如今谁倚仗，衣带一江而已！便都道、江神堪恃。借问孤山林处士，但掉头、笑指梅花蕊。天下事，可知矣！

新亭堕泪：指西晋灭亡后，旧臣在新亭相聚宴饮，因感伤国事而落泪。新亭，三国时吴建，在今南京市南。

　　磻溪，地名。姜子牙隐居于此。傅岩，在今山西平陆。相传傅说在此筑墙，后为殷高宗起用，天下大治；林处士：林逋（音卜），北宋早期诗人，隐居于西湖孤山，种梅养鹤，终身不仕。

　　词人对国事已是心如死灰，方作出此等声嘶力竭之语。

（二）刘辰翁

　　【刘辰翁】（1232—1297），字会孟，号须溪，庐陵（今江西吉安）人。理宗景定（贾似道专权时期）时进士。除太学博士。宋亡，隐居不仕。著作丰富，宋末首屈一指的爱国词人。

兰陵王·丙子送春

　　送春去，春去人间无路。秋千外、芳草连天，谁遣风沙暗南浦。依依甚意绪？漫忆海门飞絮。乱鸦过、斗转城荒，不见来时试灯处。　　春去谁最苦？但箭雁沉边，梁燕无主，杜鹃声里长门暮。想玉树凋土，泪盘如露。咸阳送客屡回顾，斜日未能度。　　春去尚来否？正江令恨别，庾信愁赋，苏堤尽日风和雨。叹神游故国，花记前度。人生流落，顾孺子，共夜语。

　　孺子，指其子刘将孙，亦善词。

　　借伤春之恨，写亡国之痛。作于元军攻破临安之时。清陈廷焯《白雨斋词话》叹曰："题是《送春》，词是悲宋。曲折说来，有多少眼泪。"

永遇乐

余自乙亥上元，诵李易安《永遇乐》，为之涕下。今三年矣，每闻此词，辄不自堪，遂依其声，又托之易安自喻，虽辞情不及，而悲苦过之。

璧月初晴，黛云远淡，春事谁主？禁苑娇寒，湖堤倦暖，前度遽如许。香尘暗陌，华灯明昼，长是懒携手去。谁知道、断烟禁夜，满城似愁风雨。　　宣和旧日，临安南渡，芳景犹自如故。绌帙流离，风鬟三五，能赋词最苦。江南无路，鄜州今夜，此苦又谁知否？空相对、残釭无寐，满村社鼓。

上元夜感旧，书写亡国之恨。时临安城破已三年。当时易安（李清照）作《永遇乐·落日熔金》，写南渡之悲，宋室江山犹有半壁，而辰翁作此词时国已无寸土。因而自陈"悲苦过之"。

永遇乐·落日熔金

落日熔金，暮云合璧，人在何处。染柳烟浓，吹梅笛怨，春意知几许。元宵佳节，融和天气，次第岂无风雨。来相召、香车宝马，谢他酒朋诗侣。　　中州盛日，闺门多暇，记得偏重三五。铺翠冠儿，捻金雪柳，簇带争济楚。如今憔悴，风鬟霜鬓，怕见夜间出去。不如向、帘儿底下，听人笑语。

（三）文天祥

【文天祥】（1236—1283），字履善，号文山，吉水（今江西吉安）人。南宋理宗宝祐四年（1256年）、他二十岁时状元及第。

原来文天祥被主考官拟为第五名，皇帝读了他的策论，觉得很有道理，再一看名和字："天之祥，乃宋之瑞也。"钦定为今科状元。经皇帝金口玉言，履善将自己的字改为"宋瑞"。

这一科进士中还有陆秀夫和谢枋得，宋末三大忠义之士聚于一榜，为赵宋王朝放射出最后的光芒。

正逢理宗在位，贾似道专权。文天祥耿直，为贾所不容。1275年，蒙元大军发动全面进攻，临安城里，朝野上下乱作一团，各级官员，包括宰相在内的文臣武将，纷纷抛下年仅四岁的宋恭帝赵㬎（音显）等弃职逃命。这时知赣州的文天祥，捧着66岁的太皇太后谢道清的勤王诏书痛哭流涕。随即变卖家产，**毁家纾难**。"尽以家资为军费"，甚至联结了赣州境内的少数民族，集合了一支一万多人的队伍，向临安进发勤王。有朋友劝阻他：何异赶着一群羊入虎口？他说：我又何尝不知？但国家危难，眼下征召天下勤王，却"*无一人一骑入关者。吾深恨于此，故不自量力，而以身徇之。*"他早已抱定必死之心，要与国家社稷共存亡。

次年，他被任命为临安知府，协助拱卫京师。元军逼近临安城外，左右丞相都溜了，只有以文天祥为首的几个人站在朝堂上。太皇太后颁旨任命文天祥为右丞相兼枢密史，全权负责与城外元军主帅伯颜的谈判。

文天祥与伯颜抗争辩论，由于态度强硬被元主帅扣留。十天以后，南宋朝廷在临安投降。皇室人员、宫女妃嫔，押往燕京；文物宝器，洗劫一空。

文天祥被押解北上，却在镇江附近逃脱。渔民相救至南通入海，漂流海上到达温州。从1276年7月到1278年11月，他先后组织义兵，辗转于江西、福建、广东一带抵抗了两年，一度收复了被元军占领的江西赣州、吉州等地。然而在永丰遭遇败绩，妻妾子女均被俘。后来进军潮州，军中又流行瘟疫，夺走了他剩下的唯一的儿子。他已一无所有，仍在坚持战斗。

他率领最后的残兵一路转战，在退到广东海丰时因叛徒出卖，遭遇元将张弘范部突然袭击被捕。

元军要他写信劝降陆秀夫等人，他坚拒。

他宁死不降。在被元军押解前往追击宋军时，写下了千古闻名的《过零丁洋》：

过零丁洋（七律）
辛苦遭逢起一经，干戈寥落四周星。
山河破碎风飘絮，身世浮沉雨打萍。
惶恐滩头说惶恐，零丁洋里叹零丁。
人生自古谁无死？留取丹心照汗青。

1278年，九岁的赵昰（音是）病死。陆秀夫和张世杰又拥立七岁的赵昺（音丙）为帝继续抗战。

同年，最后的战斗失败。陆秀夫背着赵昺投海自尽。十多万军民或牺牲，或投海。

文天祥被扣押在元军船上，全程见证了崖山之战的惨烈。他泪流满面。

被押解北上，路过金陵，与他一同被押解的好友邓剡因病留下，二人话别，邓剡赠词：

酹江月·驿中言别友人

水天空阔，恨东风、不借世间英物。蜀鸟吴花残照里，忍见荒城颓壁。铜雀春情，金人秋泪，此恨凭谁雪？堂堂剑气，斗牛空认奇杰。　　那信江海余生，南行万里，属扁舟齐发。正为鸥盟留醉眼，细看涛生云灭。睨柱吞嬴，回旗走懿，千古冲冠发。伴人无寐，秦淮应是孤月。

《酹江月》即《念奴娇》。因苏轼《念奴娇》大江东去一曲成绝唱，其末云"一尊还酹江月"，故词又名。

文天祥和词：

酹江月·和驿中言别友人

乾坤能大，算蛟龙、元不是池中物。风雨牢愁无着处，那更寒虫四壁。横槊题诗，登楼作赋，万事空中雪。江流如此，方来还有英杰。　　堪笑一叶飘零，重来淮水，正凉风新发。镜里朱颜都变尽，只有丹心难灭。去去龙沙，江山回首，一线轻如发。故人应念，杜鹃枝上残月。

这两首词有的词集对何者为邓作何者为文作有些争议，有的甚至将二者都归于文天祥，但又在标题中写有"驿中言别友人"与"和驿中言别友人"。我们现在姑且按标题将前者作为邓剡的赠词，后者作为文天祥的和词。

文天祥在大都（北京）被关了三年多，元统治者对他软硬兼施，威逼利诱，许以高位，文天祥丝毫不为所动，于1283年1月9日被杀。

为了证明人性尊严的不可辱损，他毅然选择了死亡。

（四）邓剡

【邓剡】（1232—1303），字光荐，又字中甫，江西庐陵人，1262年进士。中举后隐居在家。文天祥起兵勤王，他举家参加。宋末元兵至，他携家入闽，坚持海上斗争。兵败，投海不死。与文同押北上，舟中唱和。至建康以病留。久之得放归。文天祥就义后，邓剡撰写了《文信国公墓志铭》《信国公像赞》《文丞相传》等文，以及《哭文丞相》《挽文文山》等诗。

挽文文山

亿公泪悬河，九地无处泻。想公骑赤龙，请命苍梧野。
世人醉生死，翻笑独醒者。焉知命载英，精爽皎不夜。
义士无废兴，时运有代谢。念昔丧乱初，公骑使君马。

奋袂起勤王，忼慨泪盈把。须臾三万众，如自九天下。
灯棋书檄交，笑语杂悲咤。捧土障洪河，一绳维大厦。
至哉朝宗性，百折终不舍。身北冠自南，血碧心肯化。
颜钩凛忠劲，杜诗蔚骚雅。晋阳骨肉冤，东市刀兵解。
精诚揭天日，气魄动夷夏。丈夫如此何，一死尤足怕。
田横老宾客，白发馀息假。有时梦岩电，意悟当飘洒。
非无中丞传，杀青自谁写。魂归哀江南，命秋俎乡社。

（五）蒋捷

【蒋捷】（约1245—1305年后），字胜欲，号竹山，宋末元初阳羡（今宜兴）人。先世为宜兴巨族。恭帝1274年进士。奈何南宋旋即灭亡。怀亡国之痛，隐居在太湖之滨，不肯出仕。

贺新郎·兵后寓吴

深阁帘垂绣。记家人、软语灯边，笑涡红透。万叠城头哀怨角，吹落霜花满袖。影厮伴、东奔西走。望断乡关知何处？羡寒鸦、到著黄昏后，一点点，归杨柳。　　相看只有山如旧。叹浮云、本是无心，也成苍狗。明日枯荷包冷饭，又过前头小阜。趁未发，且尝村酒。醉探枵囊毛锥在，问邻翁、要写《牛经》否。（枵音肖）翁不应，但摇手。

这首词反映了当时不肯变节的知识分子的艰苦处境。

一剪梅·舟过吴江

一片春愁待酒浇。江上舟摇，楼上帘招。秋娘渡与泰娘

桥。风又飘飘，雨又萧萧。　　何日归家洗客袍？银字笙调，心字香烧。流光容易把人抛。红了樱桃，绿了芭蕉。（了读三声）

虞美人·听雨

少年听雨歌楼上，红烛昏罗帐。壮年听雨客舟中，江阔云低，断雁叫西风。　　而今听雨僧庐下，鬓已星星也。悲欢离合总无情，一任阶前、点滴到天明。

电影镜头般的语言，通过一个人少年歌舞风流、壮年羁旅飘零、老年凄清萧索的三帧画面，将一个朝代衰亡的历史过程从侧面展现出来。

（六）张炎

【张炎】（1248—1320）的六世祖是张俊，即与刘光世、韩世忠、岳飞并称中兴四将者。几百年后，明朝人把张俊补进岳飞坟前和秦桧夫妇一起跪着。那时赵构用钱收买武将，他家该是相当的有钱。留姜夔住在家里一起唱和十年的张镃（音淄）是张炎的曾祖。南宋灭亡时张炎的祖父被杀，家也抄了。四十三岁那年，张炎曾北游元都，似曾想向新王朝屈膝。他写过一篇《词源》，主张词的语言要雅正，不带俗字俗语；也不像豪放派那样放肆。情感要高洁清雅，有言外之意；开阔疏朗而不局促。他的词实践了他的理论。

解连环·孤雁

楚江空晚，怅离群万里，恍然惊散。（恍音恍，一作恍）自顾影、欲下寒塘，正沙净草枯，水平天远。写不成书，只寄得、相思一点。料因循误了，残毡拥雪，故人心眼。　　谁怜旅愁荏苒？谩长门夜悄，锦筝弹怨。想伴侣、犹宿芦花，也曾念春前，去程应转。暮雨相呼，怕蓦地、玉关重见。未羞他、双燕归来，画帘半卷。

这只失散的孤雁，应该是指他自己。南宋王朝覆灭了，使他像孤雁离群一样，失去了依托，只能哀鸣，唱出自己的悲哀与失落，来送这个溃败的王朝远去。

延续了三百多年的赵宋王朝，终于被时间的波涛冲没了。只有这不朽的宋词，永远在诉说这个时代所经历的欢哀苦乐，使后人感奋或是哀叹不已。

"那些令人垂泪的豪迈诗人，直到生命终点还想从军事上和政治上挽救一个王朝。但是他们不知道，就在他们奔走呼号的时候，一个伟大的文学王朝已经被他们建立起来了。

"真正永恒的崇高，属于那个文学王朝。

"一个乱云密布又剑气浩荡的时代，极其反差地出现了典雅文化的大创造。在剑气和典雅之间，一群山岳般的文人巍然屹立，他们的激情和泪花全都变成了最美丽的作品，直到今天还在我们手里发烫。"（余秋雨：《中华文化四十七堂课》）

回到陈寅恪先生的那句话："华夏民族之文化，历数千载之演进，造极于赵宋之世。后渐衰微，终必复振！"

后 记

　　我是抗日战争后期在甘肃省兰州女子中学读的高中。我们的国文老师是一位在国学上有一定造诣又酷爱古诗词的老夫子。他把我们这些女孩子熏得对唐诗宋词如痴如迷。我们把白居易的《长恨歌》"唱"得滚瓜烂熟；跟着老师的腔调吟诵"帘外雨潺潺"那么动听。七十多年了，其情其景，历历如在眼前。虽然后来进了清华学建筑，几十年没有接触，可是一经接触，就又兴趣盎然。入住泰康燕园养老社区以后，五彩缤纷的各种活动和浓郁的学术气氛，把已届九十高龄的我推向了读宋词的前沿。

　　2018年春季开学，我担任燕园乐泰学院的义工老师，生平第一次走上讲台，和大家一起读宋词。

　　以往老师讲诗词只讲解其本身，理解不深刻。如今燕园的居民中有一些（包括我）是各行各业的高知老人，共同的特点是：1）理解力强；2）喜欢诗词但过去接触不多，或者淡忘了；3）年纪大了，记忆力减退。我于是试验了以下办法：1）系统地讲，从晚唐五代开始，顺着时代往下读；2）把词人放到时代背景下，把每一首词放回词人的生活里。这样在听故事中了解了历史，也读懂了词。事实证明这个办法是有效的，受到了老年朋友们的赞誉。当然，这也是我学习的过程。我也的确下了很大功夫。

每周一小时的课，每年有寒假暑假，又赶上2020年的疫情，改成网课；如此历经两年半的时间，共用了七十多课时，终于讲完了大宋王朝三百多年的那些事，那些词。

这是个什么王朝？有领兵打仗的文人（进士、状元），如范仲淹、李纲、宗泽、虞允文、文天祥；有立志"上马击狂胡，下马草军书"的大诗人陆游；有会作词的将军岳飞、辛弃疾；有"宁鸣而死，不默而生"的能吏范仲淹；有"唯有一腔忠烈气""留取丹心照汗青"的文天祥；有横绝百世苏东坡，还有一位旷世才女李清照。

文化那样璀璨，经济那样繁荣，科技那样发达，对比一千年前同时期西方的"黑暗中世纪"，民族自豪感油然而生。

在结业的那堂课上，我在黑板上写下我做学生时唱过的一首歌的歌词：

"怀古，怀古，我们的历史是这样光荣。一代有一代新的创造，一代有一代新的文明。

"怀古，怀古，我们的先驱是这样英雄。我们要续完历史的工程。莫尽在纪念碑前做梦。"

陈寅恪先生说："华夏民族之文化，历数千载之演进，造极于赵宋之世。后渐衰微，终必复振。"

有幸我这个从九岁起就经历七七事变，深刻体会国家因为衰弱而受尽欺凌的耄耋老人，在有生之年看到了国家民族的"复振"。

课业结束后，我又把教材做了认真的修改充实，就是现在呈现在这里的。作为我人生最后的一项"工程"，我期待着它能对爱好者了解宋朝和学习宋词有所帮助。

衷心感谢王忍之先生、葛明总经理拨冗为本书作序。感谢燕园居民师振兰女士为本书题写书名。

钮薇娜于燕园

庚子年冬，时年92.5岁

参考书目

1.胡云翼著，1962年版，宋词选，上海：上海古籍出版社。

2.姚敏译注，2019年版，宋词三百首，北京：中信出版社。

3.陈君慧主编，2014年版，宋词名篇赏析，成都：成都时代出版社。

4.鞠菀著，2017年版，宋词一阕话古今，北京：清华大学出版社。

5.龙榆生著，2017年版，中国韵文史，上海：上海古籍出版社（下篇）。

6.王国维著，2017年版，人间词话，北京：台海出版社。

7.王忍之著，2019年版，古史人镜辑录，北京：中国社会科学出版社。

8.吴泰著，1987年版，宋朝史话，北京：北京出版社。

9.冯国超主编，2000年版，中国皇帝大传之宋徽宗传，北京：中国戏剧出版社。

10.康震著，2007年版，康震评说李清照，北京：中华书局。